Cuentos de

HORROR

para niños

Cuentos de horror para niños es una extra-ordinaria colección de historias de miedo que te harán conocer ambientes, situaciones y personajes nuevos del misterio.

Condúcete por pasillos interminables y oscuros en donde cada puerta tiene reservada una sorpresa para ti y salta de terror cuando veas aparecer un ser extraño que tenga dibujada en el rostro una mueca de maldad. Descubre los secretos que se esconden en cada narración antes que estos salgan al descubierto páginas más adelante.

Cuentos de horror para niños es un libro que te muestra la malsana y retorcida mente de seres de ultratumba, vampiros, momias, fantasmas y muchos personajes que se meten en dificultades, haciendo del suspenso, ¿por qué no?, una delicia.

Hilda de Lima

Cuentos de
HORROR
para niños

SELECTOR
actualidad editorial

SELECTOR
actualidad editorial

Doctor Erazo 120
Colonia Doctores
México 06720, D. F.

Tels. 588 72 72
Fax: 761 57 16

CUENTOS DE HORROR PARA NIÑOS

Diseño de portada: Antonio Ruano Gómez
Ilustraciones de interiores: Eduardo Rocha

Copyright © 1996, Selector, S.A. de C.V.
Derechos exclusivos de edición reservados para el mundo

ISBN: 968-403-948-4

Décima sexta reimpresión. Marzo de 2002

Contenido

Con mi cariño y agradecimiento para mi hija Mónica, quien me impulsó y apoyó para escribir estos cuentos.

Capítulo 1

Un Viernes de Terror

Un viernes, como todas las semanas, Luisito y su amigo Fernando, aprovechando que podían hacer la tarea sábado o domingo, se pusieron de acuerdo para ir a jugar en la tarde. Luis tenía once años y Fernando diez, y ambos eran traviesos y curiosos, por lo que deseosos "de aventuras peligrosas" les había dado por ir a jugar a un panteón cercano a su domicilio para conocer la emoción de sentirse conviviendo entre los espíritus.

Después de comer se veían en casa de alguno de ellos y pidiéndole permiso a sus papás para ir al parque se iban a escondidas al cementerio. Ahí se dedicaban a brincar sobre los sepulcros y a simular que eran muertos que resucitaban. Se acostaban sobre las tumbas y luego se levantaban, y caminando con los brazos levantados ha-

cia el frente lanzaban quejidos cual si fueran almas en pena:

—¡*Uuuhhh! ¡Aaayyy!*

Inclusive a veces se llevaban la cadena del perro de Luisito para irla arrastrando y que ésta
resonara con un eco macabro sobre las baldosas.

El juego fue gustándoles cada vez más y fue
entonces cuando decidieron que sería muy divertido comenzar a asustar a la gente, por lo
que en lugar de volver temprano a su casa lo
empezaron a hacer a la caída de la tarde. Querían sorprender a las personas que llegaban a
ver a sus difuntos al comenzar a anochecer. Por
supuesto que aunque alguna gente se daba cuenta en seguida que los supuestos fantasmas no
eran más que unos chiquillos, otras personas
más ingenuas salían corriendo del panteón des-
pavoridas al oir la cadena y los quejidos de los
chicos.

De todo esto no tardó en darse cuenta el sepulturero, quien una tarde sorprendió a los pequeños y, agarrándolos del cuello de la camisa,
les puso una regañada terrible al tiempo que les
advertía que si seguían burlándose de los muertos, un día éstos se levantarían de su tumba para
vengarse. Al oír aquello Fernando se asustó mu-

cho y le dijo a Luis que lo mejor sería que ya no fueran a jugar ahí. Luisito, que por ser el mayor se sentía el más valiente, lo llamó cobarde y le dijo que él no tenía miedo a nada. Que se lo demostraría yendo solo al cementerio.

Y así lo hizo al siguiente viernes, pero el sepulturero, que había oído todo, decidió darle una lección al niño, y escondido entre las tumbas cuando el chico llegó a brincar sobre ellas, enronqueciendo la voz simulando ser un espanto lo amenazó con visitarlo esa misma noche. Luisito huyó despavorido y llegó a su casa con el corazón saliéndosele del pecho.

Esa noche, todavía atemorizado por lo sucedido, casi no cenó, y cuando sus padres le preguntaron qué le sucedía, no se atrevió a contarles la verdad, puesto que sin su permiso se había ido a jugar al panteón.

Con el estómago medio vacío, dio las buenas noches y se fue a acostar. Ya en su cama, tratando de no pensar en lo ocurrido, el niño cerró los ojos quedándose al poco rato profundamente dormido. En la medianoche, un extraño ruido lo despertó, y ¡cuál sería su sorpresa al encontrarse a sí mismo nada más y nada menos que parado a la mitad del cementerio! La luna

amarillenta iluminaba fantasmagóricamente los sepulcros y todo el lugar se le antojaba macabro y sobrecogedor.

De pronto la tierra de las tumbas comenzó a moverse y las lápidas comenzaron a levantarse. Con el pelo erizado por el terror, Luisito trató de correr, pero para su sorpresa las piernas no le respondieron y no logró dar un solo paso. Entonces, ante sus desorbitados ojos, unos fantasmas comenzaron a salir del sepulcro.

Éstos tenían rostros macilentos y espantosos y en sus huesudas manos llevaban larguísimas cadenas que arrastraban hasta el suelo y producían un sonido aterrador.

El niño hacía esfuerzos sobrehumanos para correr, pero lo más que conseguía era moverse como en cámara lenta, mientras los horribles espectros, con sus brazos extendidos, se dirigían amenazadores hacia él. Con voces cavernosas y malévolas parecían llamarlo por su nombre:

—"¡Luiiis ... Luiiis...!"

Por fin todos lo rodearon, y con sus siniestras manos lo amarraron con las pesadas cadenas. Luisito quería gritar, pero de su garganta surgía apenas un sonido ahogado. Él deseaba pedirles que lo dejaran ir. Ofrecerles que jamás volvería

por ahí... que le permitieran irse...que lo perdo-
naran. Pero aquellas pavorosas ánimas no tenían intenciones de soltar al niño.

Entonces el aterrado muchachito vio cómo lo
cercaban, formando un círculo a su alrededor.
Luego, el más feo de los monstruos, con su rostro de calaca, dirigiéndose a los demás dijo:

—¡*Tenemos que castigar a este insensato*!

—¡*Síiii*! –aullaron todos.

A continuación, quien al parecer era el jefe,
sentenció:

—¡*Encerrémoslo en un ataúd*!

—¡Magnífica idea! --gritaron los demás espectros.

Lo agarraron entre todos, y encadenado
como estaba, lo llevaron hasta un féretro abierto en donde lo metieron. El infortunado chiquillo, sin poder respirar libremente, comenzó a
asfixiarse. En eso, como por obra de un milagro,
al niño le salió la voz y comenzó a gritar con
todas sus fuerzas:

—¡Socorro! ¡Auxilio! ¡Ayúdenme!

De pronto la voz de su madre sonó a su lado:

—¡*Hijito, Luis*! *¿Qué te pasa?*, al tiempo que
todos aquellos fantasmas desaparecían, encon-

trándose el niño sentado en su cama sudando copiosamente.

—¡*Mamá*! –le grito respirando con dificultad– *¡los muertos quieren enterrarme vivo!*

En eso apareció también su papá para preguntar qué sucedía, y su madre contestó que el niño había tenido una pesadilla. La mamá lo tranquilizó dulcemente con besos, haciéndole ver que se encontraba en su cama y que no había nada que temer a su alrededor, y explicándole que todo había sido un mal sueño.

Mientras su madre le acariciaba la cabeza, Luisito le contó lo que había soñado. Y aún cuando ella le aseguró que todo eran fantasías suyas, el niño aprendió la lección y no volvió nunca más al cementerio ni a burlarse de los muertos.

Capítulo 2

Los Extraterrestres

Esa noche de verano Juanito, como siempre, veía en las caricaturas una guerra interplanetaria. Era muy aficionado a esos temas y a pesar de sus doce años ya había leído montones de cuentos acerca de extraterrestres.

De pronto la voz de su madre lo interrumpió con la orden de que apagara la televisión, se lavara los dientes y se fuera a dormir, ya que a la mañana siguiente debía levantarse temprano para ir a la escuela.

Juanito obedeció sin replicar y se metió a la cama. Sin embargo, hacía tanto calor que se levantó a abrir la ventana y luego miró hacia el cielo preguntándose quiénes vivirían en las estrellas. Estaba quedándose dormido cuando algo lo hizo abrir los ojos súbitamente y vio cómo un intenso rayo de luz entraba por su ventana.

Pero el asombro se tornó en terror cuando

descubrió que junto con el rayo entraban en su habitación dos seres extraños y horribles. Espantado, el niño vio cómo aquella especie de monstruos tenían un cuerpo parecido al suyo pero con sólo tres dedos en cada mano y una cabeza tan grande y espantosa que lo dejaron materialmente sin voz.

Eran calvos, tenían tres ojos sin párpados, mismos que miraban cada uno hacia una dirección diferente. No tenían narices ni orejas y la boca era casi del diámetro de la cabeza.

De pronto uno de ellos se le acercó. El niño, aterrorizado, quiso gritar, pero una mano helada le tapó la boca mientras otra le acercaba una especie de trompo del que salía una aguja larguísima que sin ningún miramiento le encajó en un brazo.

Juanito sintió un dolor insoportable, pero sólo por un instante, pues apenas le inyectaron el raro líquido que contenía el objeto, se quedó profundamente dormido. Entonces los extraterrestres cargaron con él y se lo llevaron en una nave plateada hacia su planeta...

Cuando el chico despertó se encontró en una ciudad construida totalmente de cristal. Extraños edificios con formas disímbolas estaban por todos lados y por doquier se veían seres iguales a los que lo habían raptado.

De pronto Juan se dio cuenta de que se encontraba en una jaula, sólo que los barrotes no eran de fierro, sino de unos rayos rojos que cruzaban del techo al piso, mismos que, al tocarlos, le dieron una descarga eléctrica tan fuerte que lo arrojó al suelo.

Desconsolado, se puso a llorar al pensar en sus papás. ¿Cómo podría salir de ahí? Tal vez nunca volvería a su casa. La situación era desesperada. En eso, varios de esos horribles extraterrestres se acercaron a verlo. Hablaban un idioma extraño pero, para la sorpresa del pequeño, entendía lo que decían y podía comunicarse con ellos, por lo que supo que se encontraba nada menos que en el planeta Marte.

También notó que los seres eran de diferente sexo, pues ellos tenían voces roncas, mientras que la de ellas era tiplada y chillona. Los marcianos le explicaron la razón por la cual lo habían llevado hasta ahí: querían estudiarlo, pues les interesaba saber cómo eran los terrícolas por dentro, y si había en su cuerpo algo que se pudiera utilizar para mejorar el organismo de los marcianos, pues de ser así, invadirían la Tierra.

Juanito los escuchaba, atemorizado, pero lo que más le asustaba era ver entre ellos a una que lo miraba relamiéndose su inmensa boca con una lengua larga, azul y notoriamente húmeda. Por fin lo sacaron de la jaula y le dijeron que, antes que nada, ellos iban a alimentarse.

Aunque Juanito no tenía hambre pensó que tal vez se sentiría mejor si algo caliente le caía al estómago, así que sin protestar los siguió. En seguida lo llevaron a sentarse con un grupo que estaba alrededor de una compuerta que había en el piso.

De pronto, del centro del lugar se abrió dicha compuerta y vio aterrado cómo de ésta emergían espantosas y viscosas víboras que se retorcían sacando sus afiladas lancetas.

Los extraterrestres comenzaron a relamerse con sus impresionantes lenguas, tal y como lo hiciera la marciana que siempre observaba a Juan, y luego, lanzando extrañas exclamaciones de gusto, comenzaron a engullir de un solo bocado y sin siquiera masticar a aquellos asquerosos bichos.

Por todo eso fue que Juanito pudo darse cuenta que carecían de dientes. De pronto uno de ellos se acercó al pequeño con uno de aquellos

espeluznantes animales en la mano, ordenán-
dole que se lo comiera.

El pequeño retrocedió lleno de horror y as-
queado les advirtió que jamás probaría algo tan
repulsivo. Una risita chillona se escuchó a su
lado y el niño vio asustado que se trataba de la
marciana que tanto lo impresionaba y que lo se-
guía obsevando con sus malvados ojos, mientras
se pasaba la lengua por la boca.

Cuando terminaron aquel espantoso banque-
te, con sus frías manos agarraron a Juan y lo llevaron a un extraño laboratorio. Entonces, ante
los desorbitados ojos del pequeño, volvieron a
sacar otra hipodérmica en forma de trompo con
su enorme aguja, con la que en seguida inyectaron al infortunado Juanito, lastimándolo de
nuevo duramente.

Retorciéndose, Juanito lanzó un agudo aullido de dolor. Segundos después estaba inconsciente. Pero esta vez, cuando despertó, algo insólito le había sucedido: ¡su cuerpo estaba trans-
parente y se le podía ver a través de la piel cada
hueso, músculo, vena y demás órganos que tenía dentro de su anatomía!

Decepcionados, se dieron cuenta de que contaba sólo con un cerebro, que el cristalino de su

ojo no era polarizado (lo que permite observar el sol sin lastimarse), y que sus pulmones no tenían propiedades para limpiar el oxígeno del bióxido de carbono como lo tenían los marcianos.

—No hay nada interesante en él –dijo uno. ¿Qué haremos ahora?

—No es recomendable regresarlo a la Tierra porque revelaría datos relacionados con nuestra vida en nuestro planeta, lo cual resultaría muy peligroso –dijo otro.

—Los terrícolas son tan destructivos... Dejémoslo en su jaula hasta que por fin muera de hambre --sugirió un tercero--, al cabo que no acepta nuestra comida.

Y la idea pareció agradar a aquellos seres que asintieron antes de darse la media vuelta. Todos, excepto la marciana que gustaba de observar al niño, quien movió descontenta su enorme cabeza. Y el pobre chico fue encerrado nuevamente y sendas lágrimas corrieron por sus mejillas cuando se vio de nuevo en la jaula.

Ahora sí estaba absolutamente seguro de que jamás volvería a su hogar ni a los amorosos brazos de sus queridos padres.

De pronto, la extraterrestre que se interesaba en él apareció a su lado. Nuevamente lo obser-

vó con sus ojos saltones que tanto lo atemoriza-
ban y que se movían inquietos en todas direcciones.

A Juanito se le erizó el pelo al ver que la más
temida de los marcianos presionaba un botón y
apagaba los barrotes de luz que lo aprisionaban
y comenzaba a acercársele mientras se relamía
amenazante. El pequeño trató de escapar de
ella, pero todo fue inútil pues la marciana lo
apresó con sus heladas y potentes manos e ignorando los gritos del niño abrió su enorme boca,
engulléndolo.

El chico comprendió que iba a morir y se la-
mentó de que la muerte lo sorprendiera en forma tan espeluznante. En medio de la más com-
pleta oscuridad sintió cómo resbalaba sobre la
babosa lengua rumbo a la espantosa garganta
para ser tragado y desaparecer para siempre.
Pero el chico, ante el horror que lo esperaba, no
pudo más soportar aquella pesadilla y perdió el
conocimiento sin llegar a sentir cómo lo deglu-
tían.

Tiempo después volvió en sí y sorprendido
sintió que aún estaba dentro de la repugnante
cavidad. De pronto la boca se empezó a abrir

dejando pasar la luz y permitiéndole ver que estaba en su propia recámara.

Saltó como loco escapando de la descomunal boca cayendo de bruces sobre su cama. Entonces la marciana sonriendo con benevolencia lo miró por última vez con sus alocados ojos, y moviéndose siniestramente salió por la ventana envuelta en la luz de la mañana. Enseguida se alejó en su nave hacia el infinito, feliz de haber salvado de sus congéneres al diminuto terrícola que tanta ternura le había provocado.

Minutos después entró su madre, sorprendiéndose de encontrarlo tan pálido y despierto.

—¿Qué te pasa, Juanito? ¿Te sientes mal?

—¡Mamá! –gritó el niño–, me sucedió algo horrible. ¡Me secuestraron los extraterrestres!

Sonriendo, la madre le hizo un cariño, comprendiendo la palidez del chico.

—Hijito, tranquilízate. Sólo has tenido una pesadilla.

—¡Pero, mamá... –insistió el pequeño.

—Nada. No se hable más del asunto. Y vístete que se hace tarde para la escuela.

Y la señora dio la media vuelta dirigiéndose hacia la puerta. Juanito se quedó callado. Quizá su madre tenía razón y sólo había sido un mal sueño...

Pensándolo bien, todo había sido tan increíble...En eso su mamá miró al piso y se agachó a
recoger algo diciendo:

—¡Ay, hijo, ¿cuántas veces debo decirte que
no dejes tus juguetes tirados en el suelo?

Con el corazón saliéndose del pecho y sin lograr articular palabra, el pequeño vio impresionado cómo su madre ponía tranquilamente sobre
la cómoda, la jeringa en forma de trompo con la
cual lo habían anestesiado los extraterrestres...

Capítulo 3

El Espejo Maligno

Una mañana el matrimonio Miranda salió de compras y encontró arrumbado en un bazar un extraño y antiquísimo espejo. Les gustó tanto que de inmediato se animaron a comprarlo, pero el dueño les advirtió que lo pensaran bien ya que ese espejo había pertenecido a un marqués que, según la leyenda, era brujo.

Les comentó asimismo que sus malas vibraciones podían haber quedado impregnadas en el objeto. Los señores Miranda sonrieron incrédulos y divertidos ante lo que consideraron una superchería, e insistieron en adquirirlo, por lo que el encargado accedió a vendérselos por un precio muy alto.

Cuando volvieron a casa estaba ahí Mario –el amiguito de sus dos hijos, Carl de trece y Eddie de doce años–, quien había ido a pasar ese fin de semana con ellos.

Los papás enseguida le buscaron un lugar a la nueva adquisición, y colocaron por fin el objeto en la biblioteca, al tiempo que, divertidos, los padres platicaban a los chicos que era un espejo encantado.

Al mediodía todos comieron en armonía, y por la tarde los señores Miranda salieron para ir al cine y después a merendar, dejando a los muchachos solos en casa.

—¡Pórtense bien! –les advirtieron. No hagan travesuras y no salgan para nada a la calle. Aquí pueden jugar con los juegos de video o ver películas.

—Diviértanse y no se preocupen por nosotros –replicó el mayor de los hijos. Váyanse tranquilos.

Apenas salieron los padres, Carl y Eddie le dijeron a Mario:

—Nuestros papás aún nos creen unos bebés. Nos hacen recomendaciones como si tuviéramos cinco años.

—¡Sí! --dijo el otro--, hasta piensan que creemos en cuentos de hadas. ¡Mira que decirnos que compraron un espejo encantado...!

Se rieron divertidos los muchachos, se acercaron al espejo y se pusieron a hacer visajes frente a él. De pronto sucedió algo insólito. Sus imágenes se borraron y, en lugar de verse reflejados en él, apareció un tupido bosque dentro del espejo.

Asombrados, los niños se tallaron los ojos creyendo que veían visiones, pero tuvieron que aceptar que el bosque estaba ahí, pues los tres veían lo mismo.

—¡Esto es increíble! –dijo Carl.

—Increíble y emocionante –añadió el amigo. ¿Por qué no inspeccionarlo?

Luego de discutir si deberían o no inspeccionarlo, triunfó la curiosidad, y los tres al fin entraron en el espejo.

En seguida se encontraron frente a una pequeña vereda que los adentró en el frondoso bosque. Al poco rato se encontraron una laguna. Encantados al ver el agua, los hermanos sugirieron meterse a nadar.

Mario, en cambio, dijo que él sólo metería los pies, ya que no sabía nadar. De inmediato se arremangó los pantalones y se quitó los zapatos para chapotear mientras Carl y Eddie se echaban al agua en calzoncillos.

De pronto, cuando se mojaba los pies, la cabeza de un feroz cocodrilo emergió del agua. Es-

pantado, Mario retrocedió de un brinco, al tiempo que lanzaba un grito de espanto, justo en el momento en que el animal abría sus fauces para atacarlo.

Al grito del niño sus compañeros lo miraron, sin darse cuenta de que en ese mismo instante otros dos enormes cocodrilos se dirigían hacia ellos.

Pero Mario que permanecía en la orilla sí los vio, y a grandes gritos les advirtió del peligro. Al oirlo, los chicos se dieron cuenta de que los horribles reptiles se acercaban mirándolos con sus malvados ojillos, con intenciones de comérselos.

Aterrados comenzaron a nadar con desesperación hacia la orilla. Sus brazos y piernas jalaban el agua con todas sus fuerzas, enloquecidos por el pánico de ser devorados. Afortunadamente eran magníficos nadadores y gracias a su rapidez lograron alcanzar la orilla y salvarse de aquellos espantosos saurios.

Ya fuera del agua, y después de reponerse del susto, decidieron que lo mejor sería volver a su hogar, pero para su sorpresa no pudieron encontrar el camino por el que habían llegado hasta ahí. Preocupados, comenzaron a buscar la senda de regreso, mientras poco a poco iban presenciando, atemorizados, cómo empezaba a caer la noche.

Antes de que se dieran cuenta, la oscuridad se apoderó del lugar y sólo lograban ver gracias a la pálida luna que, con una luz mortecina, alumbraba aquel sitio y provocaba que todo pareciera misterioso y fantasmal.

De pronto a los niños se les erizó el cabello. Súbitamente los árboles comenzaron a moverse, pero no debido al viento que en ese momento permanecía sin alterarse, sino que sus troncos habían cobrado vida y sus ramas se habían convertido en amenazantes garras.

Asustados, los chicos retrocedieron pero sólo para caer en el espeluznante ramaje de otros árboles, pues de pronto se percataron que estaban rodeados de ellos.

Aquel espectáculo era una locura, pues al tratar de zafarse de las zarpas, éstas les razgaban la ropa y los rasguñaban hiriéndolos y haciéndolos sangrar. De pronto, la liana de uno de los árboles se enredó en el cuello de Mario y comenzó a ahorcarlo.

El niño trataba de librarse, sintiendo que le faltaba el aire mientras los ojos casi se le salían de las órbitas. Terriblemente asustados Carl y Eddie no hallaban cómo auxiliarlo. En eso, Carl recordó que traía en el bolsillo una navaja y, sin dudar un momento, la sacó logrando así liberar del peligro a su amigo.

Despavoridos, los tres chicos se zafaron como pudieron de las filosas ramas de los árboles y corrieron hasta un claro del bosque, pero los árboles comenzaron a rodearlos. Los niños, sintiéndose perdidos, se abrazaron y rogaron al cielo con gran vehemencia que los ayudara.

Justo en ese instante un pequeño sendero apareció frente a ellos. Esperanzados, los tres chicos se echaron a correr en él, perseguidos muy de cerca por sus pavorosos enemigos. Con grandes zancadas huyeron como gamos por aquel camino que afortunadamente los condujo precisamente hasta el espejo, y faltó poco para que los temibles árboles lograran alcanzarlos.

Sin dudar ni un momento los muchachos se lanzaron y atravesaron el marco, y en un segundo se encontraban de nuevo en la biblioteca de su casa.

Agotados y sudorosos, pero muy felices por haber escapado, se miraron unos a otros. Su aspecto era lamentable y tenían multitud de ara-

ñazos en la cara y en el cuerpo. Entonces diluci-
daron si deberían o no contar su extraña aventura, y fue cuando comprendieron que nadie les
creería.

Pero conscientes de que se trataba de un espejo maligno, tomaron la decisión de destruirlo y
así lo hicieron. Con el bat de béisbol de Carl lo
rompieron en mil pedazos jurando guardar el
secreto de lo sucedido hasta la muerte.

Cuando llegaron sus padres les dijeron que,
sin querer, lo habían roto al empujarse jugando
uno con otro. También explicaron que los ras-
guños que presentaban en todos lados se los habían provocado los pedazos de vidrio que volaron por el aire. Sus padres les creyeron.

Y los niños confiaron plenamente en que
aquella pequeña mentira piadosa estaba plenamente justificada pues serviría para evitarles a
ellos y a sus progenitores el peligro que representaba tener en su poder aquel espejo maléfico.

Capítulo 4

La Noche de los Alacranes

El matrimonio Domínguez se empeñó en comprar una casa que les había fascinado. La propiedad era muy bella, aunque tenía mucho tiempo anunciándose y resultaba raro el que hasta ese momento nadie la hubiera adquirido.

El problema estribaba en el jardinero que la cuidaba, ya que éste consideraba que la casa era suya, y cada vez que alguien se interesaba en ella encontraba la manera de ahuyentarlo para que renunciara a adquirirla.

Pero en esta ocasión ni las pláticas de que ahí había muerto violentamente una persona ni los relatos de que sucedían cosas horribles e inexplicables había impresionado a los Domínguez, quienes ignorando las habladurías del hombre, compraron la residencia.

Desgraciadamente tuvieron lástima del viejo y mal intencionado jardinero y le permitieron seguir viviendo en ella, sin darse cuenta del odio que le provocaba a él la presencia de la nueva familia.

La familia Domínguez se componía de tres miembros: padre, madre y su hijo Fernandito, un muchachito precoz de solamente nueve años, quien a pesar de ser tan joven siempre estaba alerta de todo lo que pasaba a su alrededor y era capaz de hacer cosas que sorprendían frecuentemente a sus mayores.

Sabía manejar la computadora perfectamente, jugaba tenis como un campeón y siempre obtenía las mejores calificaciones de su clase. El niño tenía un perrito llamado Colitas, a quien había enseñado a hacer piruetas como de circo y era, después de sus padres, lo que más amaba en el mundo.

Por fin, la familia fue arreglando la casa hasta dejarla encantadoramente decorada, aunque el problema surgió la misma noche que llegaron a ocuparla. Todos estaban dormidos cuando un ruido en la cocina los despertó.

Eran unos chillidos horribles. Al bajar a ver qué sucedía descubrieron que el horno estaba prendido y que dentro de éste una enorme y asquerosa rata se estaba rostizando. Horrorizados, apagaron el horno y sacaron al infeliz roedor, que retorciéndose dolorosamente debido a sus quemaduras murió, lentamente ante los ojos impresionados de todos ellos.

La señora Domínguez se sintió tan mal que tuvo que tomar un tranquilizante para calmar sus nervios. Fernandito se quedó anonadado y tembloroso y el jefe de la familia se irritó tanto que, dirigiéndose a la casita del jardín, fue a reclamarle a la única persona que podía haber hecho eso: el jardinero.

Éste, con expresión de inocente, aseguró que no era culpable, que los espantos habitaban aquella mansión y que eran ellos los que cometían actos horribles constantemente. Total, que la familia optó por tratar de olvidar el incidente, y después de regañar duramente al viejo loco, confiaron en que no volvería a ocurrir algo tan desagradable.

Las siguientes dos semanas transcurrieron sin tropiezos, y todos se sentían felices, por lo que el jardinero decidió volver a asustarlos para obligarlos a dejar aquel lugar.

Una noche, se acercó a la perrera con gran sigilo y callando con un mortal golpe de martillo los ladridos del pobre Colitas, lo mató con toda

la saña de que era capaz. A la mañana siguiente, cuando Fernando salió a buscar a su mascota, casi sufrió un ataque al corazón al descubrir que el perro, clavado a la puerta de la entrada, colgaba de la cola, abierto en canal.

Los gritos del angustiado niño despertaron a sus papás, quienes al salir incrédulos e impresionados miraron con espanto el terrible cuadro. Esta vez el señor Domínguez no se contuvo y fue de nuevo con el jardinero, pero sólo para decirle que tomara sus cosas y que se largara de la casa inmediatamente.

De nada le valieron al viejo zorro sus absurdos argumentos, porque el padre de Fernando estaba decidido a echarlo. Él no dudaba de que ese hombre era el culpable de lo sucedido. Y el jardinero se fue, aborreciendo a la familia y decidido a volver para vengarse.

Cerca de ahí había un molino abandonado lleno de cascajo, donde proliferaban los bichos, algunos de ellos muy ponzoñosos, y fue en ese lugar donde el malvado sujeto decidió obtener el arma de su venganza.

Cierta tarde el siniestro individuo fue al molino a buscar lo que necesitaba, nada más que por coincidencia el inquieto Fernandito también estaba ahí inspeccionando el lugar. Al ver acercarse al hombre, el niño se escondió. Entonces vio cómo el jardinero levantaba una piedra bajo la cuál había decenas de alacranes.

El tipo agarró varias alimañas con unas pinzas y los metió dentro de una caja que llevaba con él. Al pequeño le llamó la atención lo sucedido y se preguntó para qué querría ese hombre aquellos animales, pero apenas se fue, decidió atrapar uno para sí.

Con las pinzas que el jardinero había dejado en el suelo, se apoderó del más grande, metiéndolo en un frasquito que se encontró tirado cerca de donde se encontraba.

Esa noche, a la hora en que estaban los Domínguez dormidos, el jardinero llegó a la casa. Con gran sigilo se dirigió al sótano, y por una ventana rota que bien conocía, se introdujo en el lugar.

Muy despacio, y asegurándose de no hacer ruido, fue subiendo uno por uno los escalones que conducían al piso de arriba, mientras miraba malévolamente la caja con los mortales escorpiones que recogiera esa tarde.

—¡Ustedes eliminarán a esos infames que me despojaron de lo que era mío! –se dijo en silencio. No pude echarlos fuera, pero ahora ¡morirán!

Momentos después llegó a la habitación donde el matrimonio dormía plácidamente y, con gran cautela, abrió la puerta. En tanto, Fernandito se revolvía inquieto en su cama, como presintiendo que algo malo sucedía en su hogar.

De repente, como impulsado por un resorte, se sentó despertando súbitamente. Sin saber por qué tuvo el deseo de ver a sus padres, por lo que se dirigió a su recámara, pero cual no sería su sorpresa al encontrar la puerta abierta y al maléfico jardinero dejando caer los peligrosos alacranes sobre la cama donde sus padres dormían profundamente.

Su primera intención fue gritar, pero el chico era lo bastante listo como para saber que si los señores se sobresaltaban y se movían de improviso, de inmediato los ponzoñosos animales levantarían la cola y los picarían con su aguijón irremediablemente.

Pensó también en cómo retirar de ahí al jardinero asesino, para después, con cuidado, alertar a sus padres del peligro, pero era imposible. No podía medir fuerzas con un hombre mucho más grande que él.

Entonces su ágil mente pensó en algo y, corriendo, fue a su cuarto y tomó el frasquito donde guardaba su ponzoñoso alacrán.

En seguida regresó a donde estaban todos, y quitándole la tapa al frasco arrojó al venenoso bicho en el cuello del jardinero. Éste, al sentir que algo le caía encima, subió la mano ocasionando que la mortal alimaña le encajara la cola con todas sus fuerzas, inyectándole en el cuello su mortífero veneno.

Al sentir el piquete el hombre lanzó una exclamación de dolor que despertó a los Domínguez. El padre, al ver los alacranes sobre sus sábanas, pegó un salto, evitando así ser picado. No así la señora, la que al mover el brazo asustada, motivó que uno de los horrorosos alacranes la atacara de inmediato.

Mientras tanto, el jardinero caía de rodillas agarrándose el cuello, al tiempo que la visión se le borraba. Sin importarles lo que el hombre hacía, Fernandito y su papá, agitando unas ropas ahuyentaron a los escorpiones para luego sacar de la cama a la madre, quien agarrándose el brazo gemía dolorosamente.

—"¡Pronto, hay que llevarla al hospital!" --dijo el padre, acongojado.

—¡Vamos rápido, papá! –contestó el niño. Cárgala mientras yo enciendo el auto.

Y, sin pensarlo más, Fernando corrió a encender el motor, mientras su padre bajaba la escalera rápidamente, llevando a su esposa en brazos.

En la clínica a donde fueron, de inmediato le aplicaron suero anti alacránico, salvándole así la vida, mientras en su casa el malvado jardinero moría en medio de las más espantosas convulsiones.

Más tarde la policía, a quien los Domínguez avisaron de lo ocurrido, llegó a la casa. Al encontrar el cadáver del jardinero, el comandante sólo pudo murmurar unas palabras en calidad de epitafio:

— El que a hierro mata, a hierro muere.

Después mandó que lo sacaran.

Días más tarde, y una vez que fumigaron el lugar, padres e hijo volvieron a su hogar. Y se dice que vivieron muy felices, aunque a veces recordaban con escalofríos lo que habían sufrido la noche de los alacranes.

Capítulo 5

Una Fiesta Peligrosa

Una mañana temprano un autobús arribó a la ciudad de Querétaro. Bajaron varios pasajeros y entre ellos tres jóvenes de pelo largo que claramente se notaba que no eran oriundos del lugar.

Apenas que llegaron comentaron que nadie los buscaría en ese lugar:

—Lo que hicimos en la ciudad de México nos obligará a no volver por ahí en mucho tiempo –dijo el que apodaban el Cuervo.

—La culpa es del Carita –opinó el Mapache. No tenías que haber matado a la vieja. Con robarla era suficiente.

—Ella se lo buscó --respondió El Carita, que era el más apuesto de los tres. Le advertí que se callara y se puso a gritar como enajenada.

—¡Lo hecho, hecho está! --concluyó el Cuervo. Por lo pronto, nos esconderemos unos días

en Querétaro y luego de hacernos de algún di-
nerito –dijo con una sonrisa siniestra–, veremos
a dónde nos vamos.

Esa misma mañana y a esa misma hora unas
chicas de aproximadamente catorce años ingre-
saban a su secundaria.

—¡Muchachas! --gritó entusiasmada Dulce.
Mis papás se van de fin de semana. Organice-
mos una fiesta en casa.

Muy contentas, las cuatro amigas de la jovencita aplaudieron el proyecto. Era la oportuni-
dad de divertirse y de hacer cuanto les viniera
en gana, sin que nadie se los impidiera.

Tres chicos que andaban por ahí, Nacho, Luis
y Félix, las escucharon y se apresuraron a invi-
tarse.

—¿Qué les parece si nosotros también vamos?

A las amigas de Dulce les pareció una idea
magnífica, pero ésta los rechazó.

—Lo siento, pero la fiesta será de puras muje-
res. Si mis padres se enteran de que invité muchachos estando sola, tendría una seria dificultad.
Desilusionados, los jóvenes no insistieron, y ca-
bizbajos se dirigieron a sus salones pues ya era
hora de sus clases.

Ellas hicieron lo mismo, pero a la salida, mientras las cinco caminaban rumbo a sus casas, una comentó desanimada que la reunión sin chicos resultaría aburrida.

En seguida la secundaron las demás, pero Dulce les dijo que aunque estaba de acuerdo, la presencia de Nacho, Luis y Félix no la alegraría pues todos ellos eran demasiado simples ya que lo único que les interesaba era practicar karate.

De pronto Dulce se detuvo:

—No se entristezcan, amigas. Al final de cuentas no estaremos solas. ¡Miren hacia esa esquina! Ahí están los muchachos que sí invitaremos a nuestra fiesta.

Sorprendidas, las chicas voltearon hacia donde Dulce señalaba, descubriendo a unos extraños, precisamente los maleantes que horas antes habían llegado a la ciudad. Decididas, las cinco amigas se acercaron a ellos.

—¡Hola! –dijo Dulce, que era la más atrevida. ¿Ustedes no son de aquí, verdad?

—No –le contestó el Cuervo. Somos guerrerenses y venimos de vacaciones.

—Y bien –continuó la chica, ¿les gustaría asistir a una fiesta?

—¿En dónde? –inquirió precavido el Caritas.

—A mi casa y con nosotras –explicó Dulce. Sólo seremos los ocho.

Los malvivientes se miraron con malicia, y divertidos aceptaron la invitación.

—Con mucho gusto, muchachas. Sólo necesitamos que nos den su dirección, y ahí estaremos.

Y la cita quedó establecida, sin que las chicas se imaginaran siquiera la clase de malhechores que iban a meter en su casa.

A las siete, tal y como quedaron, llegaron los delincuentes, y ellas los recibieron entusiasmadas.

Apenas entraron, se sentaron confianzudos en la sala, pues ya sabían que los padres de las niñas estaban fuera de la ciudad. En seguida pusieron música y sacaron a bailar a las fascinadas muchachitas. En tanto Nacho, Luis y Félix comentaban lo chocantes que habían sido ellas al no invitarlos.

Luego se preguntaron cómo la estarían pasando y por fin decidieron ir a buscarlas. Al llegar escucharon la música.

—¿Qué estarán haciendo? –dijo Félix.

Con curiosidad, se asomaron a la ventana de la sala y miraron con detenimiento por las rendijas de la persiana. ¡Cual sería su sorpresa al encontrarse con que las jovencitas bailaban felices con unos perfectos desconocidos!

—¡Oh! –exclamaron furiosos.

Y dándose la media vuelta se alejaron de las amigas traidoras.

—Nos jugaron chueco –dijo Félix con amargura. Y con unos fuereños, porque ésos no son de aquí –comentó Luis.

—Pero el más ofendido soy yo --espetó Nacho. Como quiera que sea, ellas sólo son sus amigas, pero Dulce es casi mi novia.

Conforme la fiesta se fue animando, al malvado Caritas comenzó a entrarle la comezón del robo.

De pronto, aprovechando que sus secuaces entretenían a las chicas, se escabulló para registrar la casa. Sigiloso, fue merodeando por ella hasta dar con la recámara principal. Después de revisarla concienzudamente, descubrió que el único lugar en el que podría haber algo de valor era el cajón con llave que tenía el tocador.

Sin pensarlo mucho fue a la cocina por un cuchillo y se dispuso a forzar la cerradura. Entre tanto, a pesar de lo entretenidas que estaban, Dulce notó su ausencia. Y, desconfiada, abandonó la sala buscando ansiosa al fulano que se había ido.

Comenzó a revisar su casa con cautela, dando de inmediato con el malhechor, quien para entonces ya había forzado la cerradura del tocador, en donde encontró alhajas y fajos de billetes.

Al verse descubierto, el Caritas se abalanzó sobre ella, y torciéndole un brazo hasta inmovilizarla la amenazó con el cuchillo y le advirtió que si hacía ruido le cortaría la garganta.

Con la chica torciéndole su brazo se dirigió a la sala, y ante la sorpresa de las otras chicas, ordenó a sus amigos que las amarraran advirtiéndoles que aquello era un asalto.

Asustadas al ver el arma, las chicas no opusieron resistencia, mientras el Cuervo comentaba maligno que esa noche obtendrían un gran botín de la manera más fácil.

Pero Dulce era valiente y decidida, por lo que altanera advirtió a éste:

—No se saldrán con la suya. Tarde o temprano darán con ustedes. Nosotras nos encargaremos de identificarlos.

Aquello fue lo peor que pudo haber dicho la joven, porque esos delincuentes ya habían asesinado antes y ahora ella estaba provocando que ocurriera otro crimen.

—Acabas de darme la pauta para que eso jamás ocurra –dijo el Caritas con expresión asesina. Has firmado tu sentencia de muerte.

Mientras tanto, Nacho no se resignaba a su suerte, por lo que les pidió a sus amigos que lo acompañaran a darle una paliza a los advenedizos que ocupaban su lugar.

Rápidamente, los tres amigos se dirigieron a casa de Dulce, mientras ésta, aterrorizada, veía cómo el Caritas le acercaba el filoso cuchillo al cuello.

—¡Déjenla! --suplicaron sus amigas. ¡Por favor no la maten. Ninguna de nosotras los delatará, se los juramos!

Pero el Cuervo no quería correr riesgos, e ignorando las súplicas de las jovencitas, dijo a sus cómplices:

—Tenemos que acabar con todas si no queremos que nos descubran. ¿Qué dices, Caritas? ¿Te avientas?

Con expresión de crueldad, éste contestó:

—Por mí, no hay problema. Ya he probado el sabor de la sangre y... me gustó.

—¡Pero eso sería una carnicería! –protestó el Mapache, que era el menos malo.

—No importa --dijo el Cuervo. Ahora no podemos acobardarnos. Son ellas o nosotros. Decididos a dar muerte a las infelices muchachitas los infames criminales las amordazaron para que no se oyeran sus gritos.

—No perdamos tiempo y acabemos con ellas –dijo el Caritas. Yo mataré a la primera y entre todos a las otras cuatro. Los tres debemos involucrarnos.

En eso los amigos de las chicas llegaron a la casa, dándose cuenta, aterrados, de lo que estaba sucediendo. Entonces, cuando el Caritas iba a asestar el golpe a la infeliz Dulce, Nacho se arrojó por la ventana haciendo pedazos el vidrio y rompiendo la persiana.

Ayudados por el factor sorpresa, los tres jóvenes se arrojaron contra los delincuentes, quienes a pesar de sus armas y de ser mayores que ellos fueron derribados por los fuertes jovencitos.

Luego de dejarlos en las peores condiciones, los encerraron y llamaron a la policía.

Más tarde llegó ésta y los detuvo, averiguando días después que se trataba de los maleantes que buscaban en la ciudad de México por asesinato,

por lo que fueron a dar a la cárcel, y condena-
dos a una sentencia de muchos años.

Gracias a todo esto, las chicas dejaron de me-
nospreciar a sus amigos, a quienes ahora consi-
deraban héroes. Y, arrepentidas por su impru-
dencia, juraron que jamás volverían a tener tratos
con nadie que fuera desconocido.

Capítulo 6

El Sucesor de Drácula

Un profesor de primero de secundaria de una conocida escuela decidió llevar a sus alumnos más destacados a una excursión a Guanajuato.

Muy contentos, él y los muchachos abordaron un autobús del colegio, y en medio de risas, bromas y cantos emprendieron el camino. La intención era visitar, además de la ciudad, sus alrededores. El profesor quería darles el gusto de que vivieran alguna novedosa aventura.

Una vez en Guanajuato se enteraron de que a pocos kilómetros de ahí había una mina embrujada y de que algunos niños que se habían acercado a ella habían desaparecido sin dejar rastro alguno.

Por supuesto que el maestro no lo creyó, y en seguida les explicó a los chicos que solamente eran habladurías de los lugareños cuya pretensión era impresionar a los turistas. Sin embargo, la realidad era otra...

El conde Ionescu, descendiente de Drácula y último vampiro de Transilvania, viendo que su especie se extinguía, había ordenado a su mozo que lo transportara en su ataúd a esa mina abandonada. Tenía la esperanza de que las famosas propiedades de los minerales de aquella tierra guanajuatense lo conservarían mientras conseguía a un sucesor de su linaje.

Para realizar su deseo y lograr sobrevivir, salía a veces a morder el cuello de algún pequeño que pasara por ahí para convertirlo, a su vez, en vampiro. Pero, para su desgracia, los niños cuya sangre había bebido, eran demasiado débiles y habían muerto. Entonces él los enterraba para desaparecerlos.

Sin imaginar nada de esto, al día siguiente de su llegada los excursionistas salieron emocionados, cargando sus mochilas rumbo al lugar del que tanto se hablaba. Cuando llegaron a la mina, la recorrieron por completo encontrándose sorprendidos en un rincón con el féretro que albergaba al conde de Transilvania.

Los chicos abrieron con curiosidad la caja, retrocediendo asustados al mirar que contenía un cuerpo. De inmediato uno dijo que quizá era un vampiro, pues todos ellos habían escuchado los cuentos del conde Drácula.

El maestro les recordó que esos relatos eran simples leyendas, y que aquel hombre que estaba ahí era sólo una momia, como las que exhibían en la ciudad y las que visitarían antes de dejar Guanajuato.

Más tranquilos, los niños continuaron inspeccionando con mucha diversión las diabluras de Gabriel, quien era el más vivaracho de todos ellos.

Al anochecer, se disponían a colocar sus bolsas de dormir en aquel lóbrego lugar cuando el aleteo de lo que el maestro supuso un murciélago los asustó, por lo que salieron a campo raso a poner sus bolsas sobre la hierba y a pasar la noche bajo las estrellas.

Al poco rato, mientras todos dormían, el pavoroso vampiro salió a revolotear sobre ellos, escogiendo cuidadosamente a su presa. Y fue Gabriel precisamente el elegido, ya que era el que se veía más sano y robusto.

Sin pérdida de tiempo, el impresionante Ionescu se acercó a su garganta, y alargando sus filosos colmillos los hundió en el cuello de su

víctima. Ésta sólo emitió un lastimero quejido, antes de caer desmayado, sonido que para su desgracia no escuchó ninguno de los presentes por estar profundamente dormidos.

Al día siguiente todos se levantaron felices, excepto Gabriel, que débil y aletargado sólo deseaba seguir durmiendo. Preocupado, el profesor se acercó a revisarlo, le tomó la temperatura, le revisó el fondo del ojo, miró el color de su lengua, y por fin le revisó el cuerpo para ver si no había sido picado por alguna alimaña.

¡Y cuál sería su sorpresa al descubrir en su cuello dos puntos rojos que mostraban claramente el lugar donde le habían encajado los colmillos!

Aterrado, el profesor recordó en seguida la leyenda. Pero, escéptico, se convenció a sí mismo de que estaba fabricando fantasías y de que aquellas diminutas heridas sólo podían haber sido causadas por algún insecto.

De inmediato hizo que el niño tomara un antihistamínico, y en cuanto lo vio más recuperado emprendieron el regreso a la ciudad para continuar su paseo. Y así fue: recorrieron todo Guanajuato, visitando inclusive a las momias, como lo había prometido su maestro.

Cuando regresaron a México, los puntos en la garganta de Gabriel casi habían desaparecido, aunque no así su malestar.

Se le veía una cierta debilidad, por la que sus padres alarmados lo llevaron al médico. Éste les informó que el pequeño no tenía nada grave y que sólo estaba un poco anémico.

—Que coma bien y que descanse –dijo el doctor. Eso lo dejará como nuevo.

Después de escuchar las palabras del doctor, los papás se tranquilizaron y olvidando los extraños síntomas de su hijo, continuaron su vida normal.

El tiempo siguió su curso y Gabriel se recobró por completo, sólo le quedó la costumbre de dormir mucho durante el día y llenarse de energía al llegar la oscuridad...

Hasta que una noche el niño sintió una sed incontenible, pero para su sorpresa no pudo beber el agua que se sirvió en un vaso y estupefacto se dio cuenta de que lo que ansiaba beber era sangre. Recordó de pronto la historia de los vampiros, las asoció con aquellas señales que había tenido en el cuello, y corrió a mirarse en el espejo.

Angustiado, vio que apenas se reflejaba su

imagen, misma que antes de desaparecer por completo, le permitió ver todavía cómo sus colmillos crecían brillantes y aterradores.

Una vez que el espejo ya no reflejó su persona, el niño aceptó la terrible realidad, y dejando que sus brazos se convirtieran en enormes alas, abrió la ventana y se echó a volar en busca de una víctima a quien morder. El sucesor del conde Drácula había nacido...

Capítulo 7

El Cuadro del Difunto Pascual

Cierta tarde María, una chica de doce años, vio llegar a sus papás con un gran bulto. Al desempacarlo descubrió que era un cuadro con la efigie de su tío Pascual, el cual había fallecido unos meses antes.

Pascual había amado mucho a su sobrina, pero ésta nunca lo había querido porque le tenía miedo. Y esto se debía a que la servidumbre chismoseaba que el viejo hacía hechicerías.

Muchas veces los papás de la niña habían señalado que el pobre viejo ya estaba senil y que por eso hacía tonterías, pero que de ninguna manera era brujo, que la servidumbre era absurda y supersticiosa. De cualquier manera, a la niña le asustaba el hombre, y ahora que había muerto le asustaba ver su pintura.

Una mañana, cuando María pasaba junto al cuadro rumbo a la habitación de sus padres, el retrato movió los ojos siguiéndola con ellos hasta que desapareció. La pequeña llegó temblando a la recámara en donde contó a sus progenitores lo que había sucedido.

Éstos la tranquilizaron, diciéndole que todo era obra de su imaginación y que debía controlar sus nervios y acostumbrarse al retrato, pues por ningún motivo querían que se volviese una niña histérica.

Tratando de evitar el enojo de sus papás, María no volvió a hablar sobre el asunto, pero notaba que cada vez que pasaba junto al cuadro, la pintura iba cobrando más y más vida.

A veces, sencillamente le sonreía, pero otras, cuando ella huía de lo que tanto la impresionaba, siempre alcanzaba a ver con el rabillo del ojo cómo la cara de su tío se descomponía e iba adquiriendo una expresión rabiosa.

Fue pasando el tiempo, y los padres supusieron que la jovencita ya se había acostumbrado al cuadro, pero no era sí. Más bien éste ejercía un poder diabólico sobre la niña, mismo que la obligaba a pasarse largas horas observándolo contra su voluntad.

La situación se agravó tanto que llegó el momento que su tío le hablaba y le contaba lo mucho que la quería y cómo deseaba que estuviera con él.

A María entonces se le erizaba el cabello, y aterrada recordaba cuando lo habían enterrado, temiendo con toda su alma verse ella misma en una tumba fría.

Así que, sin encontrar otra manera de tranquilizarse, decidió que lo mejor era entenderse con el retrato. Entonces le dijo que no quería morir, que ella deseaba seguir viva siempre porque lo que más temía era estar bajo tierra y ser presa de los gusanos.

Pascual sonrió ante sus palabras y le prometió que eso jamás sucedería, y además le ofreció para su próximo cumpleaños una maravillosa sorpresa.

La niña esperó entusiasmada como nunca ese día. Los papás, encantados, le prepararon una fiesta. Todos sus amiguitos fueron invitados, y para amenizar la reunión contrataron a un comediante. Desde luego que también le compraron un lindo vestido blanco para que lo estrenara ese día.

La fecha llegó y María lucía hermosa como

un ángel. Todos se divirtieron muchísimo. Las risas de aquellas criaturas motivadas por el comediante se dejaban escuchar hasta las casas contiguas. El pastel con sus trece velitas estaba delicioso y los regalos eran muchos y muy bonitos...

Pero la festejada, aunque divertida, no dejaba de pensar en la sorpresa que le ofrecería su tío Pascual. Por fin terminó la fiesta, y después de recoger la casa, la familia y los sirvientes se fueron a acostar. La niña también se fue a la cama, pero no se durmió, y estuvo atenta a que ya no hubiera ruido en su hogar, señal inequívoca de que todos estarían durmiendo.

En cuanto se sintió segura de esto último, se levantó de la cama y salió del cuarto de puntillas. Sigilosa pero entusiasmada, se acercó al pasillo muy despacito, y se dirigió hacia donde colgaba el cuadro de su tío.

Cuando llegó, éste parecía estar esperándola, pues los ojos de la pintura tenían destellos y la boca mostraba una franca sonrisa. Encantada, la niña se le quedó mirando, al tiempo que le preguntaba:

—¿En dónde está mi regalo, tío? Tú me prometiste una sorpresa y vengo a que me la cumplas.

—Lo que te voy a regalar es lo que tú más ansías --respondió la pintura con voz siniestra. Tu regalo será la vida eterna...

Luego, alargando las manos tomó con fuerza las de la niña; ésta, asustada, trató afanosamente de zafarse, pero el viejo la atrajo hacia sí hasta que inevitablemente la metió en el cuadro.

Al otro día todos buscaron inútilmente a la niña, hasta que por fin, al mirar azorados el cuadro vieron sin poder explicarse lo que había sucedido, que junto al viejo Pascual estaba María luciendo como un ángel el vestido blanco del día de su cumpleaños.

Capítulo 8

La Herencia de la Tatarabuela

María Elena y Eugenio eran una feliz pareja que esperaba con gran ilusión el nacimiento de su primer bebé. Para desdicha de la joven señora, su madre –quien era la futura abuela más feliz del mundo–, una lluviosa tarde sufrió un fatal accidente automovilístico que le ocasionó una muerte súbita, y sin haber conocido a su nieto.

La pobre muchacha lloró mucho la muerte de su madre, y luego de su fallecimiento recogió amorosamente sus objetos personales. Entre ellos se encontraban retratos viejos, alhajas, y un diario, el cual decidió no leer, respetando la intimidad de su madre.

Entre las alhajas llamó su atención un exquisito medallón que tenía grabada la figura de un ángel y que nunca le había visto puesto. María Elena guardó todo con gran cariño, y pensando en el próximo nacimiento de su nene trató de superar su pena para recibir a su bebé con alegría.

Por fin llegó el tan ansiado día, y felices los jóvenes esposos recibieron de la cigüeña una preciosa niñita. La pequeña era un sol, su piel era rosada, el cabello dorado y sus ojos azules como el cielo.

Cuando cumplió seis meses, la mamá, dichosa, la tomó en sus brazos y la besó considerando que su angelito era una bendición del cielo. Al pensar en esto recordó el medallón del ángel y de inmediato fue por él y lo colgó del cuello de la pequeña diciendo:

—Toma, mi reina, ésta será tu primera alhaja.

La bebita sonrió feliz como si entendiera sus palabras.

Al día siguiente, antes de la hora de tomar su leche, la niña comenzó a llorar de hambre. María Elena iba a preparar la mamila, pero Eugenio le dijo que la dejara llorar y respetara el horario de sus comidas. La joven obedeció a su marido pero ninguno de los dos se percató de que al oir aquello la niña, con expresión de rabía, apretaba el medallón con su manita, al tiempo que sus ojos azules se tornaban rojos como los de un demonio.

Más tarde, cuando al fin la mamá iba rumbo a su cuna con el biberón en la mano, éste salió disparado, estrellándose con gran fuerza contra la cara de Eugenio.

Muy enojado reclamó a María Elena lo ocurrido, y aunque ésta le aseguró que ella no se lo había arrojado, él furioso salió de su casa dando un portazo. Mientras, en la cara de la bebita se dibujaba una sonrisa malévola.

Pasaron los meses, y el asunto fue olvidado sin que volviera a suceder nada extraño, hasta que un día, cuando la nena le arrancó sin querer la cabeza a un conejo de peluche, la madre vio que un filoso alambre salía del cuerpo del juguete.

Inmediatamente, y criticando acremente el que hicieran juguetes tan peligrosos, trató de quitárselo, pero la niña lo impidió con sus manitas sorprendiéndola por su fuerza, ya que sólo tenía ocho meses de edad.

Con gran esfuerzo logró por fin arrancárselo, pero al hacerlo vio asustadísima cómo los ojos de su hijita se ponían rojos como teas y su expresión siempre dulce se tornaba diabólica.

En seguida el conejo salió volando violentamente de su mano, clavándole el picudo alambre arteramente en el brazo. El dolor la hizo gritar, pero en seguida se lo arrancó quedando aterrada por lo que acababa de suceder.

Cuando el esposo llegó le platicó entre lágrimas lo ocurrido, pero éste, escéptico, le aseguró que su relato era absurdo y le aconsejó que viera a un médico para que la atendiera de los nervios.

Sin embargo, poco después tuvo que cambiar de opinión, pues aquellos fenómenos sobrenaturales continuaron ocurriendo, hasta que llegó el momento en que ambos padres empezaron a deducir que su hija estaba poseída.

Vivían con el alma en un hilo, pues apenas algo contrariaba a la criatura, ésta, expresión demoníaca y con sus ojos rojos como ascuas, provocaba que las cosas volaran y golpearan despiadadamente a sus atemorizados progenitores.

Por fin, desesperados, decidieron buscar ayuda. Supieron de una mujer que tenía poderes ocultos, y sin pensarlo mucho la visitaron para confiarle su problema. Después de escucharlos atentamente les explicó que en la criatura había algo infernal. Que a veces esas cosas ocurrían a consecuencia de algún objeto maligno que hubiera en casa.

Entonces, la solución era descubrirlo y quemarlo, pues el fuego lo purificaba todo. Pero que también podía estar poseída por un ser diabólico, en cuyo caso el problema sería mucho más serio pues habría que practicarle un exorcismo.

Desanimados y sin saber qué hacer Eugenio y su esposa volvieron a su domicilio preguntándose ambos cuál de las dos cosas estaría afectando a su bebita. El tiempo siguió su curso y conforme la niña crecía los fenómenos se multiplicaban volviéndose cada vez más peligrosos, hasta que un día María Elena recordó el diario de su madre.

Desesperada, y para ver si éste le proporcionaba algún indicio de lo que acontecía, corrió a leerlo. Se encontró con la terrible novedad de que su tatarabuela había estado poseída por el diablo. Impresionada, la joven madre sacó también las amarillentas fotografías, encontrándose entre ellas una de dicha persona.

Con ojos de espanto notó en ésta que aquella mujer de expresión endiablada llevaba al cuello el medallón que le había colgado a su nenita. De lo que no se dio cuenta fue de que en esos momentos la pequeña estaba cambiando nuevamente de expresión y de que sus ojos convertidos en teas brillaban endemoniados, como condenando severamente lo que hacía su madre.

Cuando ésta se acercó a la cuna decidida a quitarle el medallón de la tatarabuela, las filosas tijeras que había en el costurero cercano volaron por el aire, y antes de que ella pudiera defenderse se le clavaron en la espalda.

Loca por el dolor y aterrada vio como la niña se reía, convertida ya en un demonio. Entonces la pobre madre, a punto de desvanecerse a causa de su herida, sacó fuerza de su flaqueza y se arrojó sobre la chiquita, arrancándole el medallón.

De inmediato, haciendo un esfuerzo sobrehumano, se acercó a la chimenea arrojando a éste en medio de las llamas, mientras que su hija emitía horribles chillidos como si ella misma se estuviera quemando.

Cuando el padre llegó más tarde se encontró con un cuadro terrorífico. Su esposa tendida en un charco de sangre se veía pálida como cadáver y la niña gateando por el lugar, lloraba desesperada llamando a su mamita.

Rápidamente levantó a su esposa, dándose cuenta de que abría los ojos, al tiempo que le decía:

—¡La niña! ¡Tráeme a la niña!

De inmediato cargó con la bebita y la puso entre los brazos de su madre. Entonces ambos vieron con alegría que la pequeña sonreía aún con lágrimas en sus enormes ojos azules, pero ya no con expresión perversa sino angelicalmente, como el día en que había nacido.

La posesión había terminado. El medallón representando al ángel malo que perteneciera a su tatarabuela se había destruido. Ya jamás volvería a dañar a nadie. La felicidad había vuelto a aquel hogar.

Capítulo 9

El Pozo del Horror

Un matrimonio muy pobre se mudó a vivir a una casita medio derruida, con un pozo seco a las afueras de Zacatecas. Tenían tres niños: dos varones, Pepe y Toño de once y doce años, y Anita, una mujercita de diez.

Como no tenían juguetes, sus papás los entretenían platicándoles cuentos de duendes y fantasmas.

En aquel desolado lugar sólo habitaba un vecino. Un tipo malencarado que vivía solo, y cuya única compañía era una chiva. A los pequeños, como niños vecinos que eran, no les importaba su pobreza, y en seguida encontraron la manera de divertirse, felices por tener tanto terreno baldío en donde correr.

Al percatarse, los padres les advirtieron que podían jugar en dicho lugar, aunque con la prohibición estricta de que no se acercaran al pozo, pues temían que los niños sufrieran un accidente. Días después de estar ahí la madre, quien era una persona amistosa, envió con sus hijos una sabrosa torta de elote, a su vecino pero el hombre la rechazó de una manera muy grosera, argüyendo que no aceptaba limosnas, y corrió a los chicos de su casa.

La mamá, sorprendida por su reacción, decidió no volver a tener ningún trato con el maleducado individuo. Pero éste no sólo era grosero sino también peligroso, porque una tarde que los muchachos se acercaron a jugar con su chivita, salió con su escopeta advirtiéndoles que de volver a verlos por ahí les pegaría un plomazo.

Muy asustados, los chiquillos no se acercaron de nuevo, comprendiendo que el tipo era una persona con muy malos sentimientos.

Un día, aburridos de jugar por aquel desierto paraje, desobedeciendo a sus papás, se acercaron al pozo.

—Hagámosle como si fuéramos a sacar agua –dijo el mayorcito agarrando la vieja cubeta que estaba por ahí. Entretenidos, los niños la metieron dentro del pozo, bajándola con la cuerda poco a poco hasta tocar fondo.

—¡Bien! –dijo con curiosidad Pepe. Ahora súbela y veamos qué saca de allá adentro.

En eso, al tratar de jalarla se dieron cuenta de que algo la detenía y luego, asombrados, escucharon unas risitas extrañas que se oían desde el fondo.

Los chicos, asustados, soltaron la cuerda, pero luego armándose de valor, volvieron a tomarla sacando la cubeta a toda prisa. Al subirla totalmente vieron sorprendidos que en la cubeta había un papelito con letras garabateadas y que decía:

Tenemos hambre

Sin saber qué pensar, los chicos se quedaron mudos hasta que por fin la niña preguntó:

—¿Quién vivirá allá adentro?

—¡Quien sabe! –dijo Pepe–, y no podemos ni pensar en bajar a averiguarlo. Me daría miedo.

—¡A lo mejor son duendes! –opinó Anita, recordando los cuentos de sus papás.

—Podría ser –contestó Toñito. Esas risas que oímos no son humanas.

—Pues entonces traigámosles de comer –replicó la niña. Ya ven que tienen hambre.

—¡Buena idea! –dijo Toño–, pero hagámoslo

en secreto. Recuerden que tenemos prohibido acercarnos a este lugar.

Esa tarde a la hora del almuerzo los tres guardaron la mitad de su pan. Una vez que terminaron de comer, regresaron al pozo. En seguida tomaron la cubeta y, metiendo en ella los panes, la bajaron rápidamente. Al descender por completo, un alboroto se escuchó proveniente de las profundidades, y luego de algunos minutos que subieron de nuevo la cubeta, descubrieron que contenía monedas de plata y otro recado que decía:

Después de analizar el producto, hemos concluido que está hecho de harina y manteca. Muy rico.

Gracias. Enviamos pago.

Fascinados, los niños tomaron las monedas y corrieron a esconderlas en su casa, decididos a entregárselas a sus padres después de un tiempo, inventando que las habían encontrado enterradas.

De lo que los chicos no se dieron cuenta fue de que el vecino, con expresión malsana, tras el visillo de su ventana los estaba espiando.

Encantados con lo recibido, al día siguiente los niños llevaron al pozo parte de su ración de frijoles, obteniendo como el día anterior monedas de plata y un recado escrito:

Después de analizar el producto hemos concluido que son leguminosas.
Muy nutritivas.
Gracias. Enviamos pago.

Entusiasmados, los niños se llenaron los bolsillos de monedas y corrieron de nuevo a esconderlas, sin notar que el malvado vecino los había visto sacarlas, pues nuevamente se ocultó tras el visillo.

La ambición se apoderó de aquel hombre. Al otro día, muy de mañana, fue al pozo y quiso meterse en él, para lo cual se encaramó en la cubeta.

Fue bajando lentamente, con la ayuda de la cuerda, decidido a apoderarse del tesoro que de seguro habían descubierto los chicos.

Pero resultó que éstos, emocionados con lo que sucedía, también habían salido muy temprano llevando en sus manos parte de su desayuno para dárselo a los supuestos duendecillos.

Así que alcanzaron a ver cómo el odioso individuo entraba al pozo sin dudarlo.

Muy afligidos, los pequeños se preguntaron qué les iría a hacer a sus amiguitos. Sabían de su crueldad y temían por el bienestar de los supuestos duendes.

Preocupados, se asomaron al pozo para ver qué sucedía, pero todo estaba oscuro y en completo silencio.

Sin saber qué hacer esperaron ansiosos para ver si el malvado tipo salía por fin a la superficie, ¡pero no sucedía nada!

Transcurrió un largo rato y el hombre no apareció. Angustiados, los niños decidieron sacarlo de inmediato para evitar que fuera a dañar a esos supuestos seres tan simpáticos.

Rápidamente tomaron la cuerda y jalaron entre los tres la cubeta, sintiéndola muy pesada. Al cabo de grandes esfuerzos, lograron entre todos sacarla por fin. Pero, para su sorpresa, el hombre no venía en ella. Sólo aparecían sus ropas y sobre ellas monedas de oro, acompañadas de otro recado.

Con una expresión en los ojos de un profundo susto, y sintiendo que un escalofrío les recorría la columna vertebral, leyeron lo siguiente:

*"Después de analizar el producto nuestro experto ha concluido que
es carne blanca de primera. Deliciosa. Gracias. Enviamos pago.
¿Tienen más?"*

Capítulo 10

Sombras Tenebrosas

Raúl era un niño de doce años listo e imaginativo. Cada vez que tenían clase de composición en su escuela era él quien sacaba las mejores calificaciones. Eso sí, lo que escribía eran historias que siempre estaban relacionadas con el terror, pues representaba su tema favorito y la mayoría de sus compañeros disfrutaban mucho con sus relatos.

Una tibia noche de verano en que el jovencito se acostó sin taparse y con la ventana abierta, al apagar la lámpara de su mesita de noche vio cómo la luz de la luna entraba filtrándose a través de las mal cerradas cortinas, proyectando las sombras de los árboles.

Somnoliento, se fijó en las figuras de la pared y encontró divertido que éstas parecían duendes que bailaban moviéndose para todos lados. Poco a poco, mientras observaba aquello, los párpados se le fueron cerrando hasta quedar profundamente dormido.

Al día siguiente se fue a la escuela, pero por alguna razón todo el día se acordó de lo sucedido, y ansioso esperó la noche para irse a acostar y volver a jugar con las siluetas que se dibujaban sobre su pared. Y así lo hizo, aunque esta vez no solamente vio a los graciosos hombrecitos sino que de pronto apareció una enorme sombra con forma de una bruja.

Ésta tenía una fea nariz de gancho, la barbilla muy pronunciada y una horrorosa boca totalmente desdentada. Sus brazos eran muy flacos y al final de éstos había unas espantosas y huesudas manos que asemejaban garras.

Un poco inquieto, el niño cerró los ojos pensando que lo mejor sería dormirse y no seguir imaginando cosas. Pero pudo más la curiosidad de seguir viendo lo que ahí se reflejaba, y de nuevo abrió los ojos.

Entonces, asustado miró que ya no era él quien manejaba con la mente aquellas figuras, sino que éstas por sí mismas parecían haber cobrado vida propia.

Al notar esto, a Raulito ya no le hizo gracia el asunto, por lo que tapándose los ojos con las manos trató de conciliar el sueño. Pero entonces sucedió lo inesperado. Unas voces poco audibles comenzaron a salir de las paredes. Asustado, miró de nuevo tratando de despertar de lo que consideró un mal sueño, pero de pronto miró aterrado cómo no era así y continuó observando a los duendes que temblaban, tratando de escapar de la pavorosa bruja que amenazante alargaba sus horribles manos hacia ellos.

Paralizado de espanto el niño no podía moverse ni articular palabra, y así, inmovilizado, contempló con horror cómo la bruja, lanzando una macabra carcajada, tocaba aquellos pequeños seres, convirtiéndolos en monstruos.

Todo resultaba terrorífico y el pobre chico no podía hacer nada para evitarlo. Tampoco lograba mover ni un dedo para pellizcarse y comprobar que todo eso no era más que una espeluznante pesadilla.

De repente, las sombras se desprendieron de las paredes y amenazadoras comenzaron a dirigirse hacia él. Tanto las horribles garras de la bruja como las deformes manos de los monstruos se alargaron para apresar al pobre Raulito, quien sudaba copiosamente poseído por el terror.

Por fin empezaron a tocarlo. Como lenguas hambrientas las negras figuras empezaron por resbalar por sus pies haciéndole sentir un frío de muerte. En seguida subieron por sus pantorrillas y continuaron avanzando hasta cubrirlo totalmente.

Estremecido de pánico, Raúl fue viendo cómo su cuerpo desaparecía. En unos cuantos minutos él no sería nada más que otra tenebrosa sombra. Entonces el deseo de supervivencia fue más fuerte que todo y desesperado hurgó en su cerebro buscando alguna manera de salvarse.

De pronto, como por milagro, le vino una idea a la mente. Sólo había un modo de acabar con ellas. Tenía que llenar su cuarto de luz.

Haciendo un esfuerzo sobrehumano pudo mover uno de sus brazos, y sin dudar un instante lo estiró logrando mover la mano lo suficiente como para encender la lámpara que tenía a su lado. De inmediato la luz iluminó la habitación y las pavorosas sombras desaparecieron, escuchándose al mismo tiempo una furiosa exclamación de rabia.

Al verse a salvo, Raúl recuperó sus movimientos y ni tardo ni perezoso corrió a cerrar la

ventana mientras veía cómo la luna parecía reír-
se burlona del susto que había pasado.

En seguida recorrió cuidadosamente la corti-
na, asegurándose de que no quedara ni un hueco
de la ventana sin cubrir. Y respirando agitada-
mente se metió dentro de su cama. Poco a poco
el sueño fue volviendo a apoderarse de él, pero
mientras éste llegaba decidió que al día siguiente
escribiría su aterradora aventura, y así lo hizo.

Es por eso que podemos conocerla ahora,
pero fíjense bien, amiguitos, y tomen muy en
cuenta las palabras con que la inició. Raulito
empezó escribiendo:

*"Cuidado con las sombras
de la noche..."*

Capítulo 11

Las Tarántulas

Paco Vélez tenía trece años y le gustaban y quería tanto a los animales que tenía en su casa un perro, un gato, un conejo, un pato y un cotorrito. No contento con esas mascotas, un día llegó de su escuela con nuevos animales.

—¡Mira, mami! –dijo–, ¿verdad que son lindas?

Al ver la señora un par de tarántulas en manos de su hijo casi se desmaya.

—¡Qué animales tan horrorosos! ¿De dónde sacaste esos bichos?

—Los compré afuera de la escuela con mis ahorros--contestó Paquito. Y no son horribles, son muy bonitos; hasta parecen de terciopelo. Además, no son ponzoñosas pues ya les quitaron el veneno.

—De cualquier modo –insistió la madre–, ¡imagínate lo que pasaría si se reprodujeran! Se llenaría la casa de arañas ¡y peligrosas! porque los hijos de éstas sí tendrán veneno.

De nada le valieron a Paco sus argumentos, pues su madre de manera inflexible le ordenó deshacerse de los arácnidos ese mismo día. Sin embargo, Paco era desobediente y caprichoso, por lo que ignorando la orden metió a las tarántulas en una caja de zapatos, y le mostró luego el frasco vacío.

—Muy bien –dijo su mamá–, ahora empaca un poco de ropa, pues en un rato más nos iremos a la cabaña.

La familia Vélez estaba integrada por Paco y sus papás, y tenían una encantadora cabañita en Valle de Bravo. Y por lo menos una vez al mes se iban allá a pasar el fin de semana. Así que el chico empacó sus cosas, pero entre ellas guardó cuidadosamente la caja de zapatos con sus nuevas mascotas.

Cuando llegaron a su destino, sus vecinos, quienes vivían en otra cabaña aproximadamente a un kilómetro de distancia, como de costumbre los invitaron a cenar. Los tres fueron con ellos y pasaron una agradable velada.

Pero ¡oh, sorpresa! Cuando regresaron Paquito descubrió desolado que las arañas se le habían escapado de la caja y no las encontró por ninguna parte. Triste por su pérdida se mordió la lengua y no dijo nada, ya que no podía confesar que no se había deshecho de los arácnidos.

El fin de semana transcurrió plácidamente y el domingo por la tarde regresaron a la ciudad de México. A causa de varios compromisos, los Vélez dejaron de ir a Valle de Bravo por dos o tres meses, hasta que por fin un día pudieron volver.

Llegaron temprano en la tarde y el chico se fue a jugar al campo a los alrededores de su casa. En eso se fijó en una fina telaraña. Ésta brillaba con el sol y una graciosa libélula revoloteaba a su alrededor.

De pronto el pequeño insecto se acercó mucho, y sin poder evitarlo, cayó en ella. De inmediato una araña se acercó corriendo, y sin que la pobre libélula lograra escaparse de la pegajosa red, se le echó encima y la devoró sin compasión alguna en unos cuantos segundos.

Aquello impresionó desagradablemente a Paquito por lo que, tratando de olvidarlo, se dio la media vuelta y regresó a la cabaña. Esa noche no quiso salir a cenar con los vecinos, argüyendo que prefería oír música, y se quedó solo en

su cabaña. Muy temprano, después de merendar y de escuchar varios discos, se fue a acostar.

Empezaba a dormirse cuando un peculiar ruido apenas perceptible lo despertó. Extrañado, prendió la luz de su recámara y se encontró con un cuadro sobrecogedor.

De las rendijas de las paredes de madera y de las vigas del techo de su cuarto salían docenas de tarántulas, enormes e impresionantes. Asustado, se sentó en la cama recordando lo que su mamá había dicho meses antes (*"¡Imagínate lo que pasaría si se reprodujeran! Se llenaría la casa de arañas ¡y peligrosas! porque los hijos de éstas sí tendrán veneno..."*).

¡Horror! Sus mascotas habían tenido crías, y ahora estos venenosos especímenes se esparcían por todos lados. En eso, vio que se dirigían hacia él. Era una escena dantesca. Los horribles bichos que antes le parecieran bonitos, ahora se le acercaban, amenazadores, moviendo sus pavorosas y peludas patas.

Aterrado, Paquito brincó de la cama, y sin siquiera ponerse las pantuflas echó a correr para abandonar su habitación. Corrió como loco hacia la puerta de su recámara, pero al tratar de atravesarla algo lo detuvo. Una enorme y pega-

josa telaraña la cubría totalmente, y él había caí-
do en esa trampa, quedando irremediablemente
atrapado.

Entonces pensó en el pobre insecto que había
visto esa tarde, y consternado comprendió que
estaba en las mismas condiciones. Efectivamente, en unos cuantos segundos las pavorosas tarántulas comenzaron a dirigirse hacia su telaraña. Aterrorizado, Paco vio como los peligrosos arácnidos caminaban sobre ella en dirección
a donde él se encontraba.

Con todas sus fuerzas trató de zafarse, pero
para su desgracia mientras más se movía más se
adhería a aquel asqueroso y pegajoso material.
En ese instante montones de arañas llegaron hacia él y comenzaron a subírsele. Las sintió caminando por su cuerpo hasta llegarle a la cabeza y
cubrirlo por completo.

En el paroxismo del terror, el niño lanzó un
grito que más bien parecía un aullido.

—¡Auxilioooo...!

Y luego, al sentir a una de ellas sobre su boca,
resignado a morir apretó los ojos para no ver
más.

De repente algo se le encajó sobre los hom-
bros.

----"Me están mordiendo –pensó lleno de pánico—, van a devorarme".

Pero en eso empezaron a sacudirlo y escuchó a su padre gritando:

—¡Paco! ¡Paco! ¿Qué te sucede? Sintiendo una vaga esperanza el chico abrió los ojos.

Apenas lo hizo, sorprendido vio que las tarántulas habían desaparecido, que él no estaba en la telaraña sino en su cama y que sus padres lo miraban preocupados. Bañado en sudor, y con el corazón palpitante, Paquito se dio cuenta de que había sufrido una pesadilla.

Dando un suspiro de alivio, pero temeroso de que lo ocurrido pudiese ser realidad algún día, confesó a sus padres la verdad respecto a sus mascotas, y éstos decidieron que lo mejor sería fumigar el lugar y evitar así problemas posteriores. Pero también le advirtieron que no volviera a desobedecer, y éste les juró que de ahí en adelante sería un niño obediente y respetuoso.

Y así lo hizo, conformándose además con las mascotas que ya tenía. Gracias a Dios ninguna de éstas era ni aterradora ni venenosa...

Capítulo 12

Aullidos a la Luz de la Luna

Mary y Billy eran dos hermanos que acababan de mudarse con sus padres a Britton, un pequeño poblado cerca de Detroit, en los Estados Unidos. Tenían trece y catorce años respectivamente y eran muy ricos y presumidos.

La casa que compraron era la más grande del lugar, y en la escuela ellos eran los mejor vestidos. Bob, un compañero de colegio de la misma edad de Billy, estaba fascinado con Mary y deseaba fervientemente ser su amigo, pero ella, vanidosa, lo consideraba poca cosa porque no provenía de una familia con dinero, y siempre lo trataba con desprecio.

Cierta tarde exhibían en el cine del pueblo *El hombre lobo* y prácticamente todos los chicos fueron a verla. Entre ellos estaban nuestros ami-

gos, y antes de la función, Bob trató de invitarle a Mary unas palomitas de maíz. Ésta, altanera como siempre, lo desairó y dándose la media vuelta se metió a la sala de proyección en compañía de su hermano. La película estuvo terrorífica y con nerviosa emoción los chicos vieron cómo un hombre se convertía en lobo y atacaba a la gente al salir la luna.

Por fin la función terminó y como en desbandada los muchachos de Britton se fueron en todas direcciones rumbo a sus casas. Insistiendo en hacer amistad con Mary y Billy, Bob se acercó a ellos en la calle, comentándoles lo buena que había estado la película.

Pero los hermanos lo ignoraron, y en tono displicente le hicieron saber que ellos no creían en tonterías. Sin embargo, esa noche sucedió algo inesperado...

Cuando Mary y Billy merendaban solos, pues sus padres habían ido a una junta de vecinos, la luna apareció en el cielo. En eso se fue la luz y sólo iluminó el comedor los pálidos reflejos de la luna que entraban por la ventana.

De pronto un pavoroso aullido de lobo se escuchó en el enorme jardín de la casa y los dos hermanos sintieron un escalofrío. Asustados, se tomaron de la mano deseando con todas sus fuerzas que volviera la luz y que aquel aullido fuese obra de su imaginación, pero para su desgracia no fue así. Ni vino la luz y el aullido se repitió, escuchándose cada vez más cerca de la casa.

En eso se retrató en la ventana la silueta de un hombre lobo. Los chicos no lo podían creer y asustados se abrazaron.

—¡Billy! --gritó Mary aterrorizada. ¡Es un hombre lobo! ¡Dios mío!, —contestó Billy. ¡Y va a atacarnos!

Y efectivamente, el pavoroso licántropo, dando enormes zancadas, se brincó por la ventana y entró a la casa. Despavoridos, los muchachos se soltaron y corrieron cada uno por su lado a esconderse, pero el lobo humano corrió tras de Mary emitiendo horribles gruñidos.

La chica, presa del pánico, trató de meterse en un clóset, pero demasiado tarde, pues el lobo ya estaba sobre ella mostrándole sus amenazadoras fauces.

En tanto, su hermano valientemente quiso protegerla y regresó con un bastón a pegarle al invasor, pero éste lanzando otro feroz aullido, le dio un golpe que lo dejó inconsciente.

Al ver esto la pobre niña no pudo más, y sintiendo un dolor en el pecho, lanzó un grito y se desplomó a punto de sufrir un ataque cardíaco. En ese momento sucedió lo inesperado. El hombre-lobo se quitó la máscara y arrojándola por la ventana se acercó preocupado a socorrer a Mary.

—¡Mary! ¡Mary! ¡Despierta! –gritó Bob.

Pero la niña no se movió y parecía que apenas respiraba.

—¡Por favor! ¡No te asustes! El peligro ya pasó. No hay ningún hombre-lobo –dijo angustiosamente Bob.

Al oir aquello Mary abrió los ojos y se encontró con el chico.

—¡Oh, Bob! –dijo ella en un susurro. Has venido a salvarnos... Éste no supo qué decir y permitió que ella, agradecida, lo abrazara. Mientras tanto Billy se recuperó del golpe volviendo en sí y encontrando a Bob al lado de su hermana.

—¡Bob nos salvó de ese monstruo! –dijo Mary.

—¡Yo...este...!, –balbuceó Bob sin atreverse a confesar la verdad.

—¡Amigo!, eres un gran chico. ¡Perdónanos todo lo que te hemos hecho!

—¡Sí! –consintió Mary con una dulce sonrisa. Hemos sido unos tontos vanidosos, pero eso se acabó, desde hoy serás nuestro mejor amigo. Ésta ha sido una lección para nosotros.

Encantado, Bob se quedó a cenar con ellos, después de revisar la luz que él mismo había descompuesto, la cual arregló de inmediato. Después salió sin que lo vieran, y recogió del jardín la máscara que arrojara un rato antes para irse corriendo a su casa.

Una vez que llegó a su hogar, avergonzado juró que jamás volvería a jugar otra broma tan pesada. Aquélla casi le había costado la vida a Mary y él se hubiera convertido en asesino. Bob también había aprendido la lección.

Capítulo 13

El Misterio del Convento

Cerca de Puebla existía un convento semidestruido al que las personas temían visitar, porque las que lo habían hecho juraban que ahí espantaban. Esto llegó a oídos de tres amigos que estaban de vacaciones en esa ciudad, y ellos, curiosos, decidieron ir a comprobar por sí mismos lo que se decía.

Todos los muchachos tenían 18 años, pero uno de ellos, llamado Guillermo, era el líder del grupo por ser el más valiente e inteligente. Los otros dos, César y Arturo, le tenían mucho respeto y tomaban muy en cuenta cualquier cosa que él les sugiriera.

—Bien –dijo Guillermo una mañana–, carguemos con nuestras bolsas de dormir y un poco de comida, y vayamos a visitar el tan mencionado claustro.

—¡De acuerdo! –contestó César. No creo que en realidad haya fantasmas.

—¡Claro que no! –terció Arturo–, pero de haberlos, será muy divertido.

Decididos a vivir una novedosa aventura, los tres chicos se encaminaron al campo en busca de aquel lugar tan misterioso y temido. Cuando llegaron se dieron cuenta de que éste había sido incendiado.

En las paredes aún se veían señales negras de las lenguas del fuego que lo había consumido y muchas celdas estaban selladas por tabiques que se habían derrumbado.

Después de recorrer el lugar, escogieron una sala donde pudieran quedarse a dormir. Era un lugar espacioso que daba al jardín interior del convento y que parecía oratorio, pues todavía conservaba parte de un altar.

Esa noche comieron unas tortas y luego se acostaron a dormir para levantarse temprano y seguir inspeccionando. De repente, cuando acababan de cerrar los ojos, un lastimoso quejido los alertó:

—¡Aaayy....!

Boquiabiertos, vieron cómo la volátil figura de una monja cruzaba por el lugar santiguándose ante el altar para luego desaparecer. Arturo se talló los ojos creyendo ver visiones, César se tapó la cara muerto de miedo y Guillermo se pellizcó para asegurarse de que no estaba soñando.

Minutos después, los tres comentaron lo ocurrido.

—¡Es cierto! –dijo Arturo. ¡Hay fantasmas!

—¡Mejor vámonos de aquí! –sugirió César.

—¡De ninguna manera! –espetó Guillermo. Esto es muy raro y vamos a descubrir el misterio.

Obedientes con su amigo, como siempre, los dos muchachos aceptaron quedarse, aunque al pobre de César que era el más miedoso de los tres, le temblaban las rodillas.

En la medianoche, y cuando los chicos dormitaban un poco más tranquilos, otros lamentos los despertaron, encontrándose despavoridos con las siluetas fantasmagóricas de dos monjas que lloraban al pie del altar.

En unos cuantos segundos aquellos fantasmas se pusieron de pie y se deslizaron rumbo al jardín, dejando a los tres amigos temblando de espanto.

—¿Qué hacemos? –preguntó Arturo sudando copiosamente.

—¡Cualquier cosa menos acobardarnos! –contestó Guillermo armándose de valor. Deben ser almas en pena.

—¡Oh! –dijo César aterrorizado. Mejor vámonos de aquí.

—¡De ninguna manera! –respondió Guillermo. Primero averiguaremos por qué vagan por aquí esos espíritus.

De inmediato los jovencitos se pusieron de pie y salieron en busca de las monjas, pero éstas habían desaparecido.

Al otro día por la noche los tres permanecieron despiertos esperando a los fantamas. De nuevo a la medianoche, éstos aparecieron frente al altar.

Sus gemidos y lamentos eran tan impresionantes que el mismo Guillermo se quedó petrificado de miedo; sin embargo, apenas salieron, se puso de pie y les ordenó a sus amigos que lo siguieran. Cuando salieron al jardín vieron cómo aquellas apariciones se dirigían a un pasadizo, entrando una tras la otra.

Apurando el paso, los muchachos les dieron alcance y con voz insegura Guillermo se dirigió a ellas diciendo:

—Hermanas, ¿por qué rondan constantemente este convento?

Entonces la silueta de una de las religiosas se detuvo y se volvió hacia los chicos, al tiempo que emitía un desgarrador quejido. Entonces, aterrorizados, vieron que en lugar de cara, el lamento salía de una espantosa calavera que los miraba fijamente a través de las horrorosas cuencas vacías.

Los tres, incluyendo al valeroso Guillermo, huyeron despavoridos y regresaron locos de pánico al salón donde tenían sus cosas. Después de aquello ya no pudieron dormir, y decidieron irse de ahí por la mañana, pero en la madrugada los espantosos seres volvieron a aparecer, sólo que esta vez fueron directamente a ellos.

Retrocediendo, los chicos vieron aterrados cómo aquellas calacas, alargando sus huesudas manos, les hacían señas para que las siguieran, mientras que de sus horribles calaveras salían lóbregos chillidos que les pusieron a los muchachos la carne de gallina.

Por fin, el atrevido Guillermo les dijo a sus amigos que las obedecieran, y así lo hicieron. Siguiéndolas, cruzaron el jardín.

Luego entraron al pasadizo y por fin las vieron desaparecer a través de una puerta tapiada. Entonces Guillermo dijo que tenían que derribar aquella puerta y descubrir qué era lo que las monjas deseaban mostrarles.

Así lo hicieron. Utilizando unos tubos de fierro que encontraron tirados, derribaron la tapia donde habían entrado las monjas, encontrándose de pronto en una celda en la que había un macabro cuadro. Dos esqueletos con hábitos chamuscados descansaban sobre sus catres, sosteniendo en sus manos una cruz retorcida, quizá también a causa del fuego.

—Ahora comprendo lo que sucede –dijo Guillermo. Las almas de estas monjas están penando porque no les dieron cristiana sepultura. El convento debe haber sido incendiado con ellas dentro en tiempos de la Guerra de los Cristeros. ¡Vamos a enterrarlas para ayudarlas a encontrar la paz y el descanso eterno!

En efecto, los tres jóvenes amigos abrieron dos fosas en el jardín y depositaron ahí los cuerpos de las desdichadas religiosas, poniendo sobre cada tumba una cruz. Luego, satisfechos de haber cumplido con su cometido, abandonaron el claustro para regresar a la ciudad.

Se dice que desde entonces la paz reinó en ese convento y que los fantasmas no volvieron a aparecer por aquel santo lugar.

Capítulo 14

El Aprendiz de Chamán

Los chamanes, aunque calificados a veces como brujos, son hombres sabios y místicos, conocedores de los misterios del alma y expertos conocedores de las propiedades que tienen las hierbas. Y uno de ellos, llamado Tumó, quien vivía en la Sierra Tarahumara, un día se sintió viejo y deseó que al morir hubiera alguien que tomara su lugar.

Entre todas las personas que conocía, había un niño de sólo diez años, que siendo bueno y sensitivo, parecía reunir los atributos para ocupar su sitio. El pequeño se llamaba Ahita, era hijo único de una india tarahumara, y aunque tenía muchos amiguitos, prefería visitar a Tumó pues se extasiaba con sus relatos y con la gran sabiduría de aquel viejo que conocía todos los secretos de la naturaleza.

Hasta que un día aquel gran chamán se pro-

puso enseñarle a desprender su alma del cuerpo. El niño se entusiasmó, y confiando plenamente en su maestro, en seguida aceptó la propuesta y se puso en sus manos.

Para comenzar, Tumó le advirtió que tuviera mucho cuidado al cambiar de forma, pues de morir en ese estado, su alma no podría ya encontrar la paz. Posteriormente lo acostó en un petate, y poniendo junto a él un brasero con carbón ardiente comenzó a quemar ahí unas hierbas aromáticas.

A medida que el niño respiraba aquel humo, una gran pesadez fue apoderándose de su ser. Mientras, el viejo Tumó hablaba en tarahumara indicándole lo que debía hacer para dejar salir a su alma.

Por fin el brujo vio que estaba listo, y luego de advertirle nuevamente que tuviera cuidado le ordenó al alma del niño que se desprendiera de su cuerpo para que se echara a volar libremente.

De inmediato, y ante la satisfecha mirada de Tumó, Ahita se convirtió en águila, y extendiendo sus poderosas alas emprendió el vuelo hacia el infinito.

Estaba feliz de ser libre como el viento, y el águila voló hacia las montañas disfrutando de los hermosos paisajes que se apreciaban desde allá arriba.

Con las alas bien abiertas, el águila sobrevoló la sierra, el desierto y la llanura, hasta que por fin descubrió un poblado. De manera curiosa e imprudente, se aproximó hacia un lugar donde unos niños jugaban alegremente, pero para su infortunio voló tan bajo que un cazador lo descubrió.

Sin pensarlo un momento, sacó su arco y disparando una flecha hirió a Ahita en una ala provocando que éste cayera a tierra. Rápidamente el hombre recogió a la malherida ave y sin contemplación alguna la encerró en una jaula.

En tanto, el viejo chamán, preocupado, se percataba de lo ocurrido. El inerme cuerpo de Ahita sangraba profusamente de un brazo acusando que había sido herido. Mientras, a varios kilómetros de ahí, el cazador observaba al ave diciendo:

—Esta aguililla herida, aunque un poco flaca, le servirá a mi mujer para hacer un buen caldo.

Al oír aquello, a Ahita casi se le salió el corazón del pecho, y con angustia recordó la advertencia del chamán, comprendiendo que si lo mataban, su alma no podría ya jamás retornar a su

cuerpo. Entonces, vio con horror cómo el tarahumara arrancaba su hacha de un pedazo de
tronco y se dirigía a la jaula donde el águila ale-
teaba con su única ala sana.

Sin la menor compasión el cazador abrió la
jaula y, cogiendo con una mano al ave que se
defendía a picotazos, la colocó sobre un madero
y se dispuso a darle muerte. Aterrada, el águila-
niño observó cómo el hombre subía la mano
empuñando la filosa hacha, listo para descargar
el golpe.

Entonces lo miró a los ojos, implorando compasión. En pocos segundos comprendió que su
alma estaba perdida, que jamás podría volver a
su cuerpo y que moriría sin haber vuelto nunca
al regazo de su madre a quien tanto quería.

Súbitamente sucedió algo impresionante. Los
ojos del águila se tornaron humanos, y de ellos
brotaron lágrimas. Sorprendido, el cazador observó aquel hecho increíble, y sintiéndose como
un criminal poco a poco bajó el arma con la que
iba a asestar el golpe fatal.

Por alguna extraña razón, los ojos de aquella
ave le habían recordado los de sus propios hijos.
Entonces sucedió el milagro. En lugar de matar
al aguililla, el hombre le curó el ala, y en cuanto

estuvo repuesta, abrió la puerta de la jaula y la dejó en libertad. Aquélla que él consideró una extraña ave, lo miró con agradecimiento, y abriendo sus alas, ahora sanas, Ahita emprendió el vuelo dirigiéndose de nuevo al cielo.

Libre otra vez como el viento, Ahita tomó una decisión. Volvería en seguida a su cuerpo. Y así lo hizo, dejando que su alma entrara de nuevo a su carne de niño. El chamán lo recibió emocionado, pero sorprendido escuchó de los labios del pequeño que nunca más practicaría otro experimento como aquél.

Que había sufrido mucho y que lo único que deseaba por el momento era ser un niño, como todos los demás. El viejo sabio sonrió benevolente y se despidió de Ahita, pero al verlo partir hacia su hogar, supo muy dentro de su ser que aquel niño volvería. Nadie como Ahita para ser algún día un maravilloso chamán. Ya había dado el primer paso.

Capítulo 15

Pánico en La Ciudad

Una mañana temprano tres médicos de un laboratorio para investigación de animales se prepararon para estudiar los hemisferios cerebrales y los ganglios basales de una gorila. La mona, llamada Yani, a pesar de su fiero aspecto era dócil y sobre todo muy amorosa con su crío.

Luego de anestesiar a la antropoide y de colocarle el casco del *scanner*, con gran cuidado los doctores separaron al hijo de la madre y lo llevaron a otra sala, preparándose para iniciar su trabajo. De pronto, la mona abrió los ojos y comenzó a moverse.

—¡Más anestesia! –ordenó el jefe del equipo. ¡Se está despertando! Fue un error aplicarle tan poco sedante.

Pero la orden llegó demasiado tarde, porque antes de que los médicos y sus ayudantes pudieran hacer algo, la gorila se levantó y arrancándose sus ataduras comenzó a correr enloquecida dentro del laboratorio.

—¡Esta cápsula de anestesia debió estar defectuosa! -dijo otro de los médicos. No es lógico que Yani se haya alterado así. ¡Pronto! Tratemos de agarrarla entre todos.

Cautelosos los cinco hombres que estaban ahí adentro se acercaron a la furiosa simia, pero ésta, haciendo gala de una fuerza bruta, los arrojó rompiendo luego uno de los ventanales y huyendo a través de éste, sin que nadie lograra impedírselo.

Todos golpeados, los médicos y sus ayudantes corrieron al teléfono y avisaron a la policía que un fiero simio andaba suelto. De inmediato varias patrullas se pusieron en movimiento y los periodistas, al enterarse, dieron la voz de alarma por todos los medios de comunicación.

En tanto, a pocas cuadras de ahí, Carlitos, un pequeño de ocho años, dormía plácidamente en su departamento. Ese día no había ido a la escuela porque sus padres habían tenido una importante diligencia qué hacer en el centro de la ciudad y no tuvieron tiempo de llevarlo, dejándolo solo en casa.

Por fin, un rato más tarde, el chico se despertó, y luego de prepararse un emparedado, se sentó en su cama a ver la televisión. Buscó algunas caricaturas, y de pronto encontró un canal por el que pasaban la noticia de la gorila. Interesado, el niño ya no se movió de ahí, viendo a través de las cámaras cómo daban la noticia.

Mientras, la enorme mona, al ser perseguida por la policía gruñía enfurecida y mostraba amenazante los colmillos a cuantos se le acercaban.

Y la gente en la calle apenas la veía venir, corría despavorida a esconderse. Los guardianes del orden llevaban consigo una gran red para poder apresarla, pero la antropoide, más rápida que ellos, llegó a un parque y se trepó a los árboles.

Casualmente, frente a ese parque vivía el pequeño Carlitos, quien al escuchar el escándalo fuera de su casa, abandonó la televisión y corrió a la ventana para ver qué era lo que sucedía. En eso, el peligroso animal trepó por un árbol hasta el balcón del chico, y antes de que éste pudiera hacer algo por evitarlo, lo agarró con sus poderosas manos y se lo llevó consigo.

Un grito de espanto brotó de todas las gar-

gantas en ese instante. La gorila había raptado al niño y seguramente lo mataría. El cuadro era escalofriante. El pequeño trataba de zafarse de la impresionante mona, dando de patadas y guantazos, pero aquélla, ignorando sus golpes, brincaba de árbol en árbol con su presa entre las manos.

Carlitos pedía auxilio a voces, sintiendo cómo el abrazo de la gorila le cortaba casi la respiración. Y la gente, presa del pánico, pedía a la policía que hiciera algo para salvarlo.

—¡Tiren a matar! –gritó un hombre desesperado.

—¡Imposible! --respondió el jefe de la policía. Si la herimos caerá junto con el niño y los dos morirán.

En tanto, la gorila miraba con sus penetrantes ojos a la criatura, acercándole sus pavorosas mandíbulas. El pobre Carlitos comenzó a temblar de terror, al tiempo que sentía junto a su cara el fétido aliento de aquel horroroso animal.

—Va a comerme –pensó angustiado.

—¡Va a encajarle los dientes! –gritó en el paroxismo del terror una mujer.

Los médicos, quienes también andaban dentro de aquel tumulto persiguiendo a la antropoide, traían dardos para anestesiarla, pero tampoco se atrevían a dispararle, temerosos de que soltara al niño y lo estrellara contra el suelo.

De pronto, de la garganta de la enorme fiera salió un extraño gruñido. Acto seguido, acercó sus pavorosas fauces al aterrorizado Carlitos como si fuera a atacarlo, pero entonces sucedió lo inimaginable. En lugar de encajarle los filosos colmillos, la aterradora mona comenzó a frotar su ancha nariz sobre la del niño, acariciándolo amorosamente.

La gente se quedó pasmada, pero entonces los médicos comprendieron lo que había ocurrido. No había sido la anestesia lo que había enloquecido a la gorila. Lo que la había trastornado había sido el hecho de haberla separado de su pequeño hijito, al cual ahora ella sustituía con el aterrado Carlitos.

Una vez que se percataron de ello, los ayudantes corrieron al laboratorio a traer al pequeño simio, mientras los médicos pedían que la gente se alejara del lugar. Y ya que todas aquellas personas dejaron de perseguir a la hembra, los doctores consiguieron acercarse lo suficiente para mostrarle a su crío.

Al verlo, Yani dejó a Carlitos cuidadosamente sobre una rama y sin dudar un momento, bajó en busca de su pequeñuelo. En ese instante, volvieron a anestesiarla para evitar un nuevo problema. Luego, con una escalera, bajaron del árbol a Carlos quien temblaba como una hoja.

Más tarde se llevaron a la gorila con su hijo, pero ya no a un laboratorio, sino a un zoológico. Después de todo se lo había ganado respetando la vida de aquel niño.

Ahí volvió a ser la dócil y simpática mona de siempre, y Carlitos, una vez repuesto del susto, y en compañía de sus papás, comenzó a ir a visitarla cada vez que podía, sintiéndose feliz de ser amigo de una gorila que alguna vez creyó que el niño era su hijo.

Capítulo 16

Noche de Brujas

Martín era un niño de nueve años, muy guapo pero muy travieso, a quien le gustaba molestar a sus compañeros de clase. Ya había sido suspendido en una ocasión por haber pegado chicle en el cabello a un chico que se sentaba adelante, y al que hubo que rapar pues fue materialmente imposible quitar la goma de mascar de su rizado cabello.

En otra ocasión el chiquillo metió en la lonchera de una de sus compañeras de clase un diminuto ratón que pegó tremendo brinco cuando la niña intentaba sacar su torta para comérsela a la hora del recreo.

Esto asustó tanto a la pequeña que hubo que darle un té de tila y llamar a su mamá para que la recogiera antes de la hora de la salida, pues la chiquilla no paraba de llorar.

Sin embargo, Martín era simpático y a pesar

de sus travesuras, a sus amigos les gustaba jugar con él. Fue por eso que, cuando se organizó la fiesta de la Noche de Brujas de su escuela, Martín fue de los primeros invitados. El festejo iba a celebrarse en uno de los salones de la escuela, así que todos los niños cooperaron para adornar el aula.

Uno llevó una calabaza a la que sus padres le habían hecho agujeros para que parecieran penetrantes ojos, y unos dientes que simulaban una pícara sonrisa.

Otra niña llevó una bruja montada en su escoba, la cual colgaron del techo para que pareciera que volaba. Otro pequeño llevó un cofre de tesoros, del que asomaba una mano de esqueleto simulando un muerto tratando de escapar.

En fin, que cada uno de los asistentes contribuyó con algo fantasmal para darle más ambiente de terror al salón donde se llevaría a cabo la fiesta.

Pero resultó que también llevaban cosas de comer y Martincito decidió jugarles una broma pesada, para lo que le pidió a su mamá que le comprara muéganos, los cuales luego él barnizó con pegamento.

Muy contento se fue a la escuela pidiéndole a

su madre que fuera por él a las nueve de la noche, seguro de ser el último en salir para difru-
tar en grande los apuros que sin duda pasarían
sus amigos.

Y Martín se fue a la fiesta, y una vez ahí comenzó a jugar, haciendo hasta lo imposible por
asustar a sus compañeros, en especial a las niñas:
apagaba la luz y echaba hielos por la espalda, o
bien pasándoles un cepillo por las piernas cuando todo estaba a oscuras.

El problema sobrevino cuando sus compañeros comenzaron a tomar los muéganos que él
había llevado y éstos se les quedaron pegados en
los dedos o en la ropa.

Todos comenzaron a gritar y Martín, divertido, fue a esconderse al baño. Ahí permaneció
riendo hasta que los gritos cesaron, y entonces
salió de su escondite.

Desafortunadamente, cuando lo hizo los niños ya se habían ido, él se encontraba totalmente solo y el salón estaba a oscuras. La única luz
que alumbraba era la vela que tenía adentro la
calabaza y que permitía salir rayos de luz por
sus malévolos ojos y por sus amenazantes y afi-
lados dientes.

Martín quiso llegar a la puerta, pero de repente la bruja en su escoba se lo impidió lanzando horrendas carcajadas. Él trató de encontrar el cordón que la suspendía del techo para tirarla al suelo, pero espantado se dio cuenta de que ésta volaba sin hilo alguno. Retrocedió, horrorizado, y se tropezó con la caja del tesoro, la cuál comenzó a abrirse, y salió de ella un macabro esqueleto.

Martín estaba tan aterrrado que no podía gritar ni moverse. De repente, del cofre comenzaron a emerger horrorosas arañas. Las había negras, peludas, patudas, en fin, cada una más espantosa que la anterior. Con el corazón saliéndosele del pecho, el niño vio y sintió cómo aquellos asquerosos bichos comenzaban a trepar por sus piernas. El cuadro era espeluznante. Por un lado la calabaza hablaba, diciéndole que esa noche pagaría por todas sus maldades, y por otro la bruja pasaba volando por su lado, rozándolo con aquellos trapos desgarrados y sucios con los que estaba vestida, y finalmente los arácnidos comenzaban a cubrirle el cuerpo provocando que el niño se agarrotara de miedo.

De pronto, no pudo más y lanzó un pavoroso grito de angustia al tiempo que caía desmayado. Al grito de Martín los profesores que aún que-

daban en la escuela acudieron al lugar. Rápidamente prendieron las luces, y con un poco de
alcohol hicieron que el aterrorizado niño reco-
brara el sentido.

Temblando como una hoja, Martincito miró
a su alrededor mientras los maestros le pregun-
taban cómo se sentía y qué le había ocurrido.
Entonces Martín vio la calabaza que, ya con el
aula iluminada, más que malévola, lucía simpática y festiva. La brujita, con su graciosa cara pi-
caresca, se balanceaba de un lado a otro
pendiente de su hilo, y en el cofre la mano hue-
suda asomaba cubierta por una telaraña que era
parte de la utilería del adorno. Y Martín, aunque pálido, se repuso y estuvo listo cuando su
mamá llegó por él.

Ya en su casa contó la espeluznante aventura
por la que había pasado, pero sus padres, com-
prensivos, le aseguraron que todo había sido
obra de su desmedida imaginación.

Más tranquilo, Martín fue a acostarse, pero al
apagar la luz y mirar hacia la ventana, por un
instante le pareció ver unos malévolos ojos que
lo miraban irradiando luz a través de una calabaza que sonreía siniestramente.

NOTAS

Esta edición se imprimió en Marzo de 2002, Consorcio Digital-Lithografico S.A. de C.V. Dr Vertiz No 918 Mexico D.F 03020